小光阴

姜晓燕　马铁女　著

天津出版传媒集团

新蕾出版社

图书在版编目（ＣＩＰ）数据

小光阴 / 姜晓燕, 马铁女著. -- 天津 : 新蕾出版
社, 2024. 12. -- ISBN 978-7-5307-7888-3

Ⅰ. I217.1

中国国家版本馆 CIP 数据核字第 2024RW5284 号

书　　名:小光阴　XIAO GUANGYIN

出版发行:天津出版传媒集团
　　　　　新蕾出版社

http://www.newbuds.com.cn

地　　址:天津市和平区西康路 35 号（300051）

出 版 人:马玉秀

电　　话:总编办（022）23332422
　　　　　发行部（022）23332676　23332677

传　　真:（022）23332422

经　　销:全国新华书店

印　　刷:杭州余杭华兴印刷有限公司

开　　本:787mm×1092mm　1/16

字　　数:90 千字

印　　张:14

版　　次:2024 年 12 月第 1 版　2024 年 12 月第 1 次印刷

定　　价:60.00 元

目 录

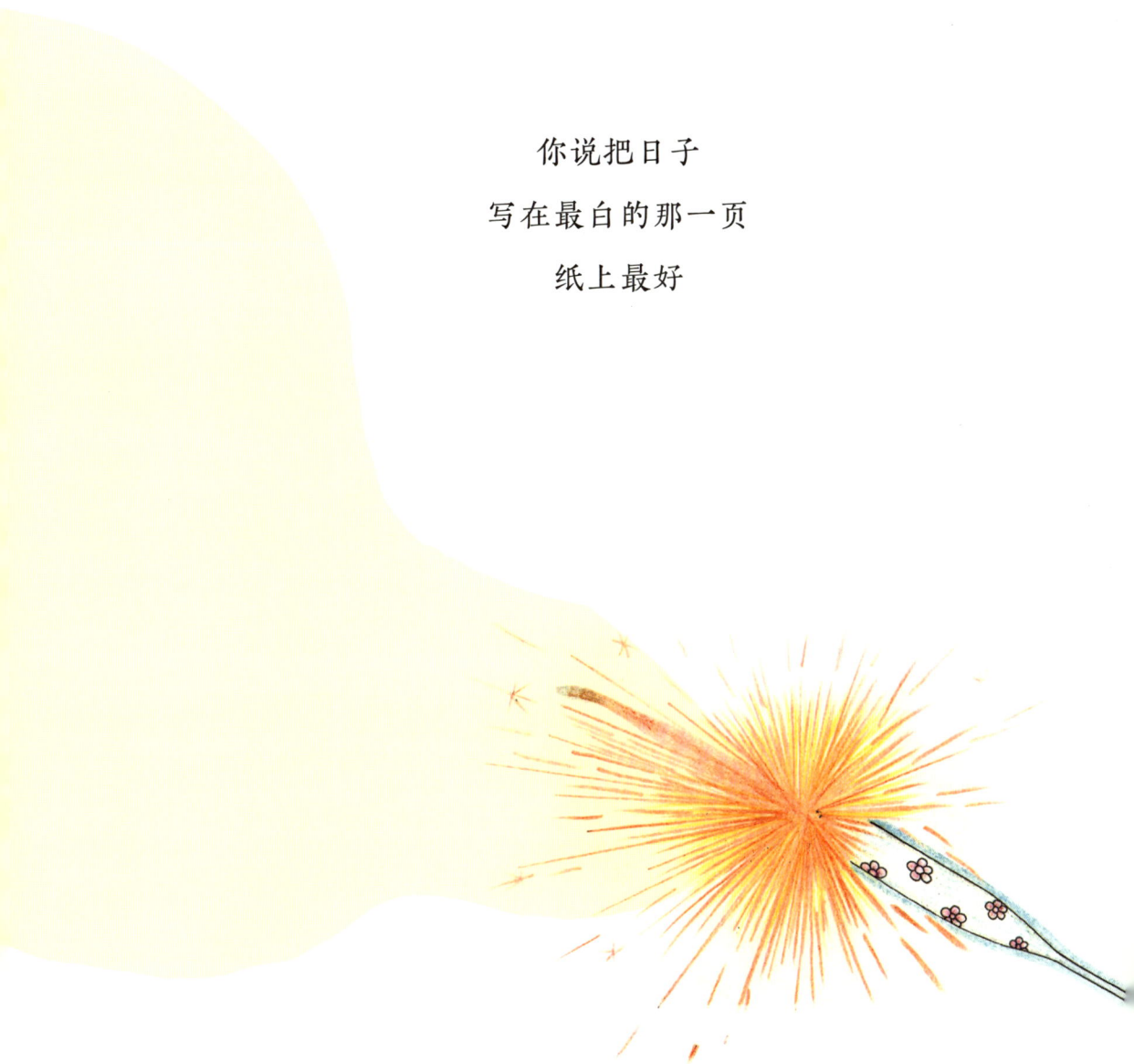

你说把日子

写在最白的那一页

纸上最好

白衬衫

一件像云一样的衬衫，上面没有任何修饰的花纹，款式简单，圆领，却是我的心爱之物。

白衬衫是妈妈请裁缝师傅亲自到我们家来做的。妈妈扯来一匹白色棉布，我们全家人一人做一件衬衫。白衬衫，搭上蓝裤子、红领巾，是我们儿时过儿童节的盛装。表演节目时，我穿着它；上台发言时，我穿着它；接受颁奖时，我更是穿着它。一回家，我就把白衬衫脱下，换上旧衣服，马上去洗，去晾，晾干后把白衬衫折叠好，压在枕头下。我无比小心地保护着我的白衬衫，因为我看到我的同桌的白衬衫上沾了酱油后，就洗不掉了，留下了一块咖啡色的印迹，好心疼。我可不想像他一样。

儿童节，我们全班同学穿着白衬衫，站在舞台上，唱着《每当我走过老师的窗前》:"静静的深夜,群星在闪耀,老师的房间彻夜明亮……"班主任听我们唱完,说道:"你们太美了,就像一朵朵小浪花!"她流泪了。

我们记住了这句话,二十年后的小学同学会,我们都穿着白衬衫去看望我们的班主任……

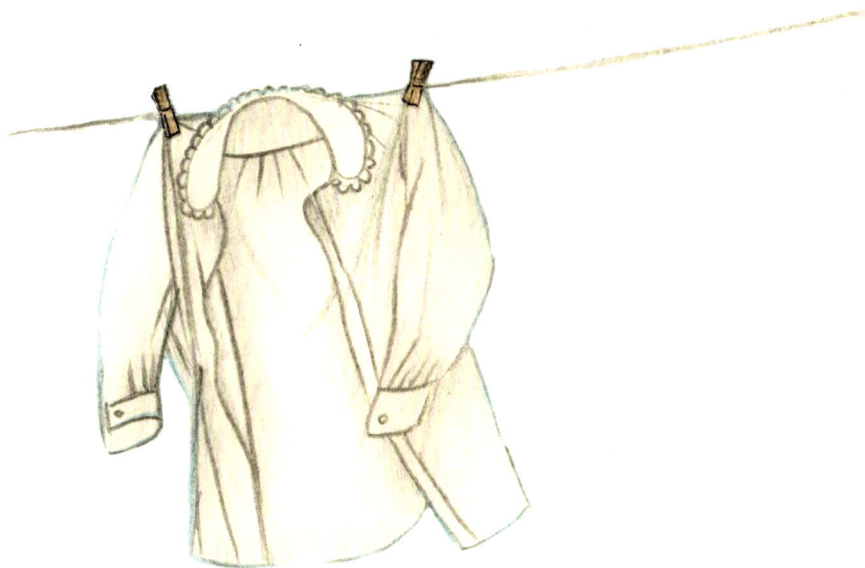

云的衣裳

云　有一件梦的衣裳

绕着山　绕着记忆

山不再瘦削　记忆不再苍白

从云深处　可以听一种天籁

使我们的情感坦露

心静如止水

就像天空裸露着

无云也无衣　且与世无争

但云　有一件梦的衣裳

可以绕着　让红尘中走来的人

编织出朵朵希望之花

白信封

　　音乐课上,歌曲唱到一半,我突然感到嘴里一股血腥味冒上来,张开嘴,摊开手掌,吐出一口唾沫,唾沫里带着血。我用舌头在嘴里一舔,带出来一颗牙。我攥着牙,举起手,紧张地大喊:"钟老师,我掉牙啦!"大家一惊,望向我。

　　钟老师走过来。我摊开手掌,给她看。"太好了,又长大了!"钟老师捏起我手中刚刚掉落的那颗牙,从口袋里摸出一块花手绢,替我擦去手上的唾沫,说:"等等!"随后,她走到讲台上,从书架上拿了一个长方形的白信封,把我的牙齿装进去,对大家说:"这封信是写给牙仙子的。虽然信里没有一个字,但是牙仙子一看到里面的牙齿,就会明白了。请小燕子同学把信带回家。如果掉的是上面的牙,就把信封藏在床底下;如果掉的是下面的牙,就把信封藏在屋顶上。"有

同学好奇地问:"为什么要这样藏?"钟老师笑着说:"不同的牙仙子分管上下不同的牙哟。我们把牙藏好了,让牙仙子来找。牙仙子找到后,会送你一颗新牙!"

　　我一舔嘴巴,是下面的牙。回家后,我把信封藏在了屋顶的瓦片下,希望牙仙子早点儿找到我藏的牙齿,那样我要第一个去告诉我们的钟老师。

游 泳

我套上彩色的游泳圈扑向湖面

水花像一朵朵飞溅的白牡丹

我的脸被水花打湿了

又清凉　又舒爽

抬头望望蔚蓝的天

月亮在悄悄地看我奋臂向前

调皮的星星眨着眼睛

也跳到湖里伴我游戏

打打闹闹　深深浅浅

半截手套

今年,又收到了妈妈送我的生日礼物——一双半截手套。我迫不及待地戴上妈妈亲手织的半截手套,十个手指头开心地从手套中露出来。这回,妈妈织的手套是红色的,她还精心地用钩针钩了一朵太阳花缝在上面,非常别致,我喜欢得不行。

从我念小学五年级起,妈妈每年都会在我生日时给我织一双半截手套,既保暖,又不影响写字、画画。如今,我都四十多岁了,妈妈也老了。她每年都会一边织,一边叹着气说:"今年还能织,明年就织不动了。"我听了心里酸酸的,可她仍旧每年为我织呀织……

其实,我每年都会把戴过的半截手套洗干净,存放好。假如有一天妈妈真的织不动了,我会把这些半截手套作为生日礼物送给她,让她的手在寒冷的冬天也一直暖暖的,就像我握着她的手一样……

妈妈的手

失去了柔软滑爽的感觉

妈妈的双手

仍有一种不可磨灭的韧性

在触动我的心

朴质是妈妈的骨节和表皮层

厚实是我成长的最佳土壤

细数河流般纵横交错的手纹

寻觅妈妈操劳奔波的行行足迹

我看见妈妈用爱浇筑的人生峭立于昼夜

一块一块碎布　密针细线　是我的襁褓

一穗一穗遗麦　拾于田间　是我的乳浆

冬天　为我梳结小辫　温热发结和童年

夏夜　为我轻摇蒲扇　明亮少女的梦幻

　　妈妈的手是搓衣板　净水冲走泡沫

　　妈妈的手是晾衣竿　始终接近阳光

　　妈妈的左手　用顶针遗传诗歌

　　妈妈的右手　用绿梅遗传呼吸

　　妈妈的手又是芬芳的手推车

　　　推着果实　推着我

　　　推着我上班的背影

　　　以及我的微笑和语言

　　涓涓的情　默默的爱　我的河流啊

　中国普通的母亲　中国的血脉和手纹

　我们暂时并不富有　但决不伸手乞求

　　我们历经风霜　但决不交出尊严

　　　　哦　妈妈的手

　　　是少女最好的护肤霜

10

玻璃弹珠

　　玻璃弹珠流行的时候，是我童年生活中最节俭的时候。我把爸爸妈妈给我的零用钱，都用来买玻璃弹珠了。

　　买来的玻璃弹珠，不是用来当摆设的。我们一群小伙伴是实打实地用玻璃弹珠对战的。

　　我们在平整的泥地上挖出"老虎洞"，一般都会挖五个。谁先把自己的玻璃弹珠打进这五个"老虎洞"里，谁就成为威猛的"老虎"。之后"老虎"用自己的弹珠打其他人的弹珠，打到谁的，就把谁的玻璃弹珠"吃"掉。

　　我们常常男女混杀。可以想象，我这个女生输得有多惨。此时，总会冒出"英雄"来"救美"——帅气的小杨会帮我把输掉的玻璃弹珠赢回来。而我唯一能谢他的就是对他承诺："下辈子，我给你做牛

做马吧！"

他说："不要下辈子，这辈子吧！"

我一口回绝："才不要呢！"说完撒腿就跑开了。

他在我身后喊着："开玩笑的，你的玻璃弹珠……"

我远远地停下脚步，冲他喊："送你吧！"

男孩和女孩

他们

挥舞着金色的十八岁

相信自己所想的一切

天永远是蓝的　海永远是咸的

刚从妈妈的怀抱里走出来

每一个早晨似乎都色彩斑斓

很想到外面的世界跑跑

便哼起了"外面的世界很精彩……"

他们

幻想着一步能跨过几个世纪

乘着宇宙飞船去看看外星人和月亮

去探索金字塔、百慕大三角和恐龙湖的奥秘

去缝补南极的臭氧洞

在一个静悄悄的黎明

驾船出海航行

与蓝天轻语　与大海同行

他们

惊喜地发现胡须越发明显

从此　走路更挺起了胸

而她们

在五颜六色的十八岁

看完灰姑娘与白马王子的童话后

便有了一个很遥远的梦

把那颗不安的心

悄悄地藏进粉红色的信笺

她们

喜欢海报上的影星

渴望闯上荧屏展示自己的青春

她们

喜欢日落时分

静静地坐在湖边

听上一首轻音乐

目送夕阳渐行渐远

和明月疏星共眠

迎接明天一个通红的笑脸

蚕宝宝

　　"同学们，从这周开始我们要养春蚕了。我把蚕宝宝发给大家，你们每天不仅要照顾它们，还要写观察日记。"科学课上，陆老师对我们说。我分到了六条蚂蚁般大小的蚕宝宝，把它们养在鞋盒里。我看不见它们的眼睛，它们一定也看不见我，但这并不影响我喜欢它们。

　　周一。我把蚕宝宝带回家，给它们摘了几片桑叶。一片桑叶，它们六个小家伙要吃很久才能吃完。

　　又一个周一。放学后，我就去给蚕宝宝摘桑叶，它们的胃口变大了，一片桑叶，不用多久就吃完了。它们的皮肤渐渐变白，拉的屎也大而多起来了。

　　又一周。上学前，我给蚕宝宝投了好多桑叶，足够它们吃一天了。它们个个长得白白胖胖的,会抬头看我了。

又一周。蚕宝宝的食量这段时间大得惊人,几乎每时每刻都在吃桑叶。趁它们吃饱发呆时,我给它们画了一张全家福。

又一周。我有个大发现,蚕宝宝的身体变透明了。它们各自在鞋盒里找了个角落,静静地吐丝了。

第二天早上。只一个晚上,蚕宝宝变成了雪白的茧。

我捧着装着茧的鞋盒,跑去学校交给陆老师。他把茧取出,装在实验盒里,说:"再过几天,茧里的蛹会变成蛾子。"我立刻夺过实验盒,说:"我不要它们变成蛾子飞走! 它们是我的朋友,绝对不行! "

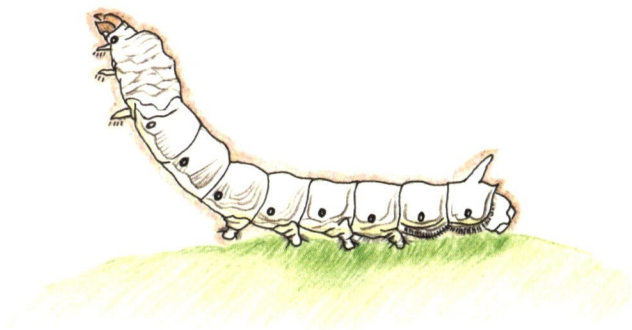

我是一粒种子

风信子隔着土壤

传来消息　告诉我

春天已走近

我是一粒小小的种子

在春天里　我冲破土壤

奋力钻出地面

露出尖尖的小叶芽

翠翠嫩嫩

待我日渐成长　随意伸展

待我高高大大　浓绿起来

挺立身躯　光耀岁月

草莓橡皮

从小，我对草莓橡皮就情有独钟。我们村上是没有文具店的，要买文具，得坐三十分钟的公交车去镇上。

妈妈每回去镇上卖辣椒，都会带上我。她卖完辣椒，就会大方地请客："燕子，想买什么？说吧！"我回答："去文具店看看。"到了文具店，我一眼就看中了一块草莓橡皮，红艳艳的，小巧玲珑。在那时，这样的橡皮太稀有了。草莓橡皮只有拇指一般大，我怕它丢失，就一直握在手心里，时不时去闻闻那股草莓清香。

我平时是舍不得用的，把它用白纸包好，放在铅笔盒里，心情不好的时候，打开铅笔盒闻闻，顿时莫名地开心起来。

小学毕业时，我用小刀把草莓橡皮切成小块，送给我的同学，说："等二十周年同学会时，我们再把草莓橡皮拼起来。"

红红的野草莓

三月　春天里最灿烂的时节

有红红的野草莓

在激情歌唱

红得纯真　红得奔放

照亮我生命中最灰暗的日子

三月　走在春天的最浓处

红红的野草莓

裹着我深深的执着和忧伤

一路的辛酸　一生的期待

是否会甜透了春天

抄歌本

下课铃声一响,我立马走到好友小惠身边,问:"你的抄歌本能借我一下吗?我想抄首歌。"小惠从抽屉里取出抄歌本递给我,我马上拿过来,回座位抄了起来。

小惠的抄歌本是我们班最漂亮的。她把每一首歌词都用纯蓝墨水的钢笔誊抄得端端正正,她还在本子的上下留白处画上可爱的图画,赏心悦目。

在小惠的抄歌本里,找啊找,我终于找到了那首歌词——

教我怎么放

你那温暖的手掌

是否快乐的时光

都会离别来收场

教我怎么放

和你走过的昨天

是谁用回忆

当作句点

抄到此，我忙起身跑向小惠，问她："歌词怎么这么短？我记得歌词很长的呀。"她看了看自己的抄歌本，说："只有这些，其他的都不知道。"我紧紧追问："班里有谁知道其他歌词？"她回答："据我所知，王老师会唱这首歌！"这真是个好消息。

我捧着自己的抄歌本去找王老师。王老师拿过抄歌本一看，说："这首歌呀，我也很喜欢！"我说："王老师，您慢点儿唱，我把剩下的歌词记下来。"他说："不用这么麻烦了，我来帮你把歌词补全。"他一边哼着曲调，一边下笔写道："青春的日记，处处都有你。"然后抬头对我莞尔一笑，说："好听吗？这首歌的名字也很美，就叫《处处都有你》。"

夏日情思

从远方　从海口

吹来一阵热风

轻轻贴在平静的心湖里

微微起着涟漪

为什么莲在池中

摇曳生姿

粉红的双颊

飘逸的裙角

为什么树叶儿

盈盈颤动

浓绿情意

23

心绪片片

为什么天空蓝蓝

遐想无限

才下眉头　却上心头

晴朗在唐诗深邃的意境里

热风拂过眼睑

一种植物开始萌生

在少男少女的心房里

悄悄无语

葱管糖

　　葱管糖,是我们这里的方言叫法。我从来不知道普通话里应该怎么叫。葱管糖,三个字读三遍,就能从字面自动地想象出那像大葱、像长管子一样的糖。

　　葱管糖的制作原料是糯米。村里每月会来一对做葱管糖的中年夫妇。他们开着三轮车来。三轮车上载着做葱管糖的机器。我们把淘好的糯米交给这对夫妇。他们把米倒入机器的漏斗中,加入糖精,一根根葱管糖就做好了。

　　我们把加工好的葱管糖一截一截弄断后,装在密封的油纸袋里,每天放学后,就从袋中取出一根来吃。"咔嚓咔嚓",蓬松的葱管糖在口中发出快乐的脆响。

　　弟弟每次都不会只拿一根,他非得把葱管糖插满左手的五根手

指。我们搬了小板凳在家门口写作业,他就一边写一边轮流吃手指上的葱管糖。他还把葱管糖伸过来,对我说:"姐,你也吃一点儿。"我摇摇头说:"我吃过一根了,不吃了。"弟弟像是没听见,掐下一截,塞到我嘴里。他见我吃了,就会一口气把手指上的葱管糖都吃掉,嘴里还咕哝着:"我帮你吃啊……"

乡村少女

纱裙飘一朵雪莲　浸润夏日

黑发掀起柔浪

细细的鞋跟叩响街巷

一切已不陌生

电影画报上的模特早已看惯

自行车一路飞驰

从颠簸到平坦

只有语音略带乡土的余韵

大铜钟

　　我读书的小学以前是一座寺庙,后来改成了现在的小学。寺庙的建筑一年一年减少,逐渐变成了我们的教室、会议室、图书馆。到我三年级的时候,学校完成了所有的改建,唯一留下的就是一口大钟。

　　这大钟是铜做的,全身积着灰尘,但敲起来声音洪亮,在学校的每个角落都能听到。大铜钟悬挂在教学楼的顶上。那时还没有电子铃,上课、下课就由各位老师轮流负责去敲。"当,当当,当……"那钟声,控制了我们所有的活动,我们对它既敬畏又好奇。

　　"要是我也能敲一下大铜钟,那该多好啊!"我对小伙伴们说。他们也有此意。心愿压在心底,不去实现它,是极其难受的。我们发现,周一到周五没有任何机会接近大铜钟,于是决定趁周日学校放假去试试。

星期日早上，我们绕过传达室，摸进了教学楼，靠近了大铜钟。大铜钟挂得很高，任凭我们怎么踮脚都够不着，任凭我们怎么跳都没有用。正在我们苦恼时，有人从楼下的教室里搬来一张课桌。"这办法好！"我们齐心协力去教室搬课桌，一层一层叠起来。"我先上去敲！"我爬上高高的课桌，举起双臂，吸足一口气，只听"当"一声。我的心脏颤抖不已，慌忙开溜，其他伙伴紧跟其后。只听见保安大叔在我们身后大喊："站住！"

　　我们一口气跑回家，从此再不敢接近它……

时间

无始无终

却停留于

蒙娜丽莎的微笑里

万古长新

电影票

期中考试最后一场考完了。王老师对我们说："明天，我想去县城的电影院看电影，放松一下，谁想一起去？"我们纷纷举手："我！我！我！"

第二天一早，我们在校门口不远处的公交车站台上等王老师。一上车，一数人数有十二个，简直是包车。一路上，我们无法安静下来，叽叽喳喳说个不停。车子开了一个多小时才到站。

王老师替我们每个人买了一张电影票。我的电影票上写着"6排5号"。我走进电影院，一进放映厅彻底傻眼了：原来里面有这么多长得一模一样的座位啊！白色的幕布比我们教室的前墙还要大。要知道，以前我们可从来没有进电影院看过电影，都是在村里坐着小板凳看露天电影。

我好不容易找到自己的座位坐下来。这时，硕大的银幕上跳出几个字来，我屏着气，念道："妈妈，再爱我一次。"电影讲述的是一对母子之间的故事。当镜头中出现母亲为了让孩子摆脱病痛的折磨，向庙宇中的菩萨不断磕头，磕得满脸是血时，我情不自禁地哭了。我用衣袖擦干眼泪，望向王老师，他也在流泪。银幕的光照在他脸上，晶亮亮的。我心里想：王老师一定想他的妈妈了。

电影散场后，王老师问我们："电影好看吗？"我们都说："好看！太好看了！"

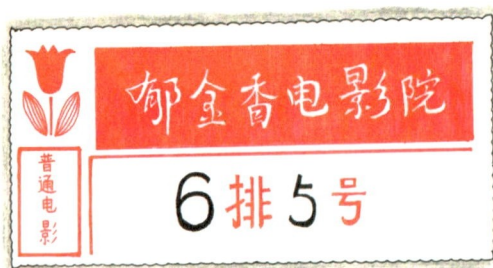

郁金香电影院

普通电影

6排5号

十八岁的夜晚

你的微笑快步走来

夜　坐立不安

你的眼神

电击着我的心

你却躲闪着

阳光把你的微笑

藏得很深很深

温柔在我的脉搏中

不可捉摸

钉　鞋

　　一年一度的校运会开始了。我参加的项目是"小五女子 800 米"。我做好准备活动，站在了 3 号跑道上。这时，王老师向我跑来。他手里拎着一双鞋子。"小燕子，这是我好不容易给你借来的钉鞋，快换上。"他说。

　　我一看，鞋底满是钉子，别说穿了，看了都让人害怕。我忙摆手："我不要！"谁知王老师蹲下身子，亲自来脱我的球鞋，硬生生地把钉鞋穿在了我的脚上。他说："钉鞋防滑，保你夺第一！"

　　决赛的发令枪一响，我第一个冲出了起跑线。第一圈，我遥遥领先。一圈半后，我感到脚上沉重极了，好像身体里有另一个我在慢慢下滑。我用尽全力把腿抬起来，甩动双臂，拼命往前跑。

　　我感觉到脚上的钉鞋越来越宽松，估计是鞋带松了。忽然，右脚上的钉鞋从我身后飞了出去。怎么办？是去捡还是不捡？算了！

其他选手纷纷超过了我。我不甘心，低头看着脚上的钉鞋，奋力把另一只脚上的钉鞋也甩了出去。这下好了，轻松了，我赤脚"嗒嗒嗒"地追赶上去。

"小燕子，你在干什么？脚会受伤的，快把钉鞋穿上。"王老师跑了上来。我看了他一眼，他竟然把我甩飞的钉鞋捡回来了。"我不要穿——"我咬紧牙关，向终点冲去。"小燕子，我陪你跑——"王老师在我身旁大喊。

最后，我得了季军。当我停下奔跑的脚步时，王老师气喘吁吁地跟了上来，手里挥动着那双钉鞋……

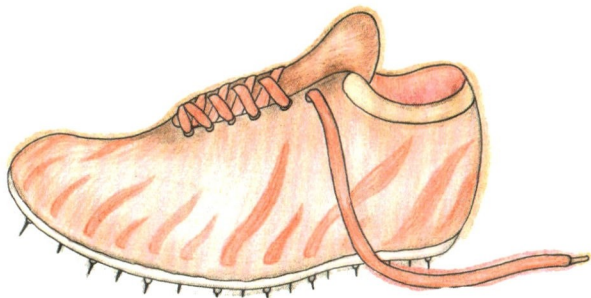

小天使

轻轻踮起我的双足

悄悄展开我雪白的翅膀

从月亮上飞下　穿过云朵

飘落在仲夏夜湖畔的幽幽丛林

我用甜润的嗓子唱一曲《年轻的风》

让湖水的涟漪沉醉但不沉睡

让岸上的柳枝欢舞但不狂颠

让湖心的水鸟快乐地游弋

让休憩的彩亭翘起翼角倾听

让绿荷叶的曼舞清凉盛夏的黄昏

缎子被面

我上小学一年级时，爸爸说得让我一个人睡了。

他在他们房间的隔壁给我清理出了一间屋子，买来一张小钢丝床，贴着墙壁放，靠近床头放了一张小方桌，安了一盏床头灯。

妈妈用她纺的蓝花布给我做了被单，铺得平平整整。床上放了一床棉被，罩面是红缎子做的，中间飞舞着一条金龙和一只金凤，四周盛开着大朵大朵的牡丹花。我看到这床缎子被面，傻眼了——太隆重了！

"妈妈，我就盖这床红棉被吗？"我问。

"是呀。好看吧？我压在箱底，本来打算等你出嫁，给你做嫁妆的。"妈妈在红棉被的一头缝上了一条毛巾。我知道，那是怕我晚上睡觉流口水弄脏了棉被。

"妈妈，能不能给我换一床素一点儿的棉被？全灰色的也行啊。"
我对她说。

"你一个人睡，这红色的能镇邪。"她不容置疑。

"啊？"我瞪大了眼睛，环顾整个房间。

晚上，床头灯的光照在红缎子上，整个天花板都是亮闪闪的。虽然有这喜庆的氛围，可我依旧害怕。我钻进棉被窝里，蜷缩着身子，暗暗祈求。忽然，我感到有一双手在帮我掖被角，探头一看，原来是爸爸。他对我说："乖，晚安。"

海滩

这是夏天

我却怕在彩伞下

触到孤独

而在伞外

又有许多迷乱如软沙

蔚蓝蔚蓝的大海

一个浪里有一个世界

我久久思索着

连绵的涛声里

哪一片是我曾经失去的梦呓

儿童高级牙膏

　　大人们总对我说："别多吃糖，牙齿会蛀。"可是，我根本没多吃糖，牙齿也蛀了。蛀的是一颗磨牙。一蛀，就疼；一疼，我就忍不住用手指去摸那颗蛀牙；一摸，牙齿就发炎；一发炎，到了深夜，就疼得没法睡觉。我一边的脸肿了，嘴巴都张不开，没法说话，饭也没法嚼。

　　蛀牙一疼，我就哭，一哭就是半宿。妈妈抱着我，抚摸着我肿起的脸，说："妈妈在，不疼；妈妈在，不哭。"爸爸在一旁说："以后可得早晚刷牙，这样就不会蛀了。"

　　爸爸带我去看牙医，打了针，消了肿。回来的路上，他给我买了一支牙膏，上面写着"儿童高级牙膏"。他解释给我听："这牙膏是牙细菌的克星，消灭牙细菌的力度是最强的。要记得刷牙哟！"

　　我心里是记得刷牙的，但行动上却天天忘记。一到早上，就耍赖

40

不刷；一到晚上，就能逃则逃。爸爸妈妈看到我这样，牵起我的手，说："我们一起刷！"我们一齐挤好牙膏，一齐刷呀刷，一齐吐着白泡泡。嘴里的泡泡越来越多，从我的嘴角一串串流下来，好玩极了。我看看爸爸妈妈嘴里的泡泡，再看看自己嘴里的泡泡，感觉有一个很长很长的梦在慢慢膨大……

旋转日子

夏季里的一抹灿烂

隐没于昨日的夕阳

淡淡晨雾　浓缩了草丛树林

空蒙了山山水水

几多柔情　几多往事

从这里丢失又被拾起

谁来坐过这秋日石凳

该是那白羽毛的鸟儿

空气新鲜着我素洁的身子

如梦如幻　却透明着我无垢的心灵

白云深处　白云深处

那是一直躲躲闪闪

衣衫单薄的秋

风　琴

　　我很想买一架风琴,想了很久了。网上商城的"购物车"里存放了各款我心仪的琴型,但都没有下单,因为快递费好贵。一天,我去逛古玩市场,被一架橘黄色的风琴绊住了脚——它太像我读小学时语文老师弹的那架风琴了。

　　我读小学二年级时,从村小转到了镇上的小学。教我们语文的老师是一位喜欢唱歌的男老师,他姓王,刚毕业就来教我们。他常常在课堂上管不住我们,当我们闹得天翻地覆时,他就丢下语文书,到我们班教室对面的音乐教室去弹风琴。风琴声响起,穿透墙壁,传到我们每个人的心里,我们不再闹了,静静地听着……

　　就这样,每当我们"不听话"时,他就用风琴来"降服"我们。我们纷纷大"迁徙",跑到音乐教室去看王老师弹风琴。他弹风琴的姿势闪着光——不用谱子,手放在琴键上,脚踏着风琴的两块踏板,嘴里唱起来:"……少年,少年,祖国的春天……"他让我靠近风琴,领唱。我身体里的每一个细胞都能感受到风琴音的振动,这感觉太神奇了!

打小,买一架风琴的愿望从来没有放下过。现在,看到一架式样相仿的,当然想买下来。谁知,我把双脚踏上去,双手按动琴键,却怎么也弹不出音。风琴是坏的,我站在它旁边,轻声哼着:"……少年,少年,祖国的春天……"

韬韬

韬韬

在黑夜你用童话铺满世界

傻傻地笑出一片斑斓

让美丽与本真无限延伸

让情感与幻想随意驰骋

韬韬

你站在太阳底下

感觉背影渐大

一些哲学与理性

将被你用生命读出深沉

风油精

　　从幼儿园开始,老师们总是把班里最调皮的男孩安排给我做同桌,可能觉得我有降服他们的能力吧。

　　一年级时,我的同桌是只"皮猴子":他特别喜欢拉女生的长辫子;有时爬到屋顶上去,往下丢石子儿砸同学的脑门儿;还常常把鼻涕抹到我的衣服上。我对他厌恶至极,但又拿他没有一点儿办法。

　　他虽然是只"皮猴子",但是一上课就呆若木鸡,每每呼呼睡大觉。他妈妈想了个主意,把一瓶风油精挂在他的脖子上。风油精散发出刺鼻的气味,熏得他头脑异常清醒。

　　有一回上体育课,烈日当头,我忽然一阵晕眩,瘫倒在地上。恍惚中,我感到有人在按我的太阳穴,还给我扇风。慢慢地,我睁开眼睛,看到我的同桌在朝我笑。他对我说:"你中暑了,我给你涂了风油

精,应该没事了。"他边说边吸他那两条垂下来的鼻涕。我第一次觉得他很可爱。

　　从那以后,每逢酷暑时节,我都会买上一瓶风油精放在包里。想来,我有二十多年没有见到我这位小学一年级时的同桌了。

远方的白鸽

金秋时节

从远方飞来一只红嘴的白鸽

悄悄地伫立在我手上

放飞一个个灿烂的音符

阳光带着青草的馨香

笼罩我的全身

哦　远方的白鸽

你　衔来了我的名字

还想带去我的笑靥

那就让绿色的祝愿

紧紧地系在你的翅翼上

飞往遥遥的世界

缝纫机

老家爸妈住的卧室里放着一台缝纫机。

我要学会用缝纫机，给自己做一件衣裳。只要爸妈不在家，我就溜进他们的卧室，打开缝纫机。我学妈妈踩缝纫机的样子，可腿老是够不到缝纫机的踏板。我想了个办法：把整个身体下蹲，一只脚踏在缝纫机的踏板上，重重地一踩，踏板带动轮子转起来。我抬头查看，只见缝纫机的针头在上下移动。我忙在针头下放上一片小布头，再去踩踏板，一下，两下，三下……我心里数到十下，估摸着该缝好了，结果再一看，布头上一针也没缝上，原来是没有穿线。

我捣鼓出缝纫机里的线头，想把它装上去，但怎么都装不上。有一回，线头缠绕进缝纫机的机芯里，绕了一圈又一圈，结果踏板都动不了了。我知道闯了大祸，全身冒汗，锁上爸妈卧室的门，溜之大吉。

女红

不会刺绣

只在浅浅的嫩春里

倚窗而坐

让一种少女情怀

随庭院里的百合依次明艳

一针一线一情丝

渐渐体会唐宋小令的婉约

每一句诗词

都是一条针线之路

不会刺绣

却偶尔抿嘴微笑

细细地

刺绣着长长的

一针一线

温柔与红晕

细细地

刺绣着长长的

一句一首

古典与现代

高粱饴

一摸大衣左边的口袋,感觉软乎乎的。什么东西? 摸出来一看,是一颗糖,糖纸上面写着"高粱饴"三个字。

想起来了,这颗糖是同事小厉给我的。她送给我时,对我说:"燕子,这是你童年的味道,你还记得吗?"我当然记得,高粱饴是我和妈妈最爱的糖果。

这高粱饴软软的,一下口我就忍不住把它嚼碎。糖在口中弹弹的,用现在时兴的话叫"QQ"的。过年时,妈妈会买很多的高粱饴回来招待客人。我呢,趁客人没来,在上衣的口袋里、裤子的口袋里藏满高粱饴。偶尔藏在口袋里会忘了吃,等想起来分享给好朋友时,高粱饴已被压得扁扁的,但我们依然吃得很开心。

吃完高粱饴,嘴上会留下一层薄薄的糖粉,我们用小舌头留恋

地舔干净;留下的糖纸,折成跳舞的小人儿,在太阳底下玩呀玩……

长大后,我很少吃高粱饴了,这次小厉给我的高粱饴,唤起了我童年的回忆。我剥开糖纸,拿在手上,一点点咬来吃。糖粘到了牙齿上,我用舌头舔呀舔,乐趣无穷!

你装作很安静的样子

坐在阳光最浓的地方

绿草丛中白色的小花

是你一朵一朵的心事

它们藏不住你的感情

在周围书写着密密麻麻的诗句

海鸥牌手表

　　一年级时,老师教我们"手表"这个词的拼音,然后让我们用这个词造句。我高高地举起了手,回答:"我爸爸有一块海鸥牌手表。"老师让大家鼓掌表扬我造句造得好。我心里嘀咕:"我根本没有刻意去造句,我只是说了句大实话呀!"

　　在我们家,只有爸爸一个人有手表,我和妈妈一天要问他好多回:"现在几点钟了?"爸爸看看手表,告诉我们准确的时间。我觉得爸爸的手表太好看了,便央求他:"手表借我戴戴行吗?"他摇着头说:"小孩子不能戴,会戴坏的。"我就进一步乞求:"那让我摸一摸,行吗?"他大方地说:"你摸吧!"我摸了一遍又一遍,爱不释手。爸爸对我说:"我画块手表给你吧!"他用蓝色的圆珠笔在我的左手腕上画了一块手表。我附加要求:"也要'海鸥牌'的。"爸爸说:"好嘞。"

他在手表中央画了一只海鸥。我开心地大叫："我的手表是'海鸥牌'的。"我又使劲求他在我的右手腕上、脚踝上也各画一块。

如今，人们可以用手机看时间，很多人不戴手表了，我却钟情于手表。爸妈经常问我时间，轮到我看着手表，准确地告诉他们了。时光真是奇妙！

生命的真谛

要经过多少多少年的时光

山岩才能被蚀成

这细柔细柔的沙粒

从我的掌心里慢慢慢慢地流泻

时光飞逝　生命闪亮

只有那银色的月盘

无论近与远　圆与缺

永远照耀着我们

贺年卡

　　早晨，我照例很早去教室开门，打开门的那一刻，我看到每张桌子上都放了一个粉红色的信封。我满怀好奇地打开自己桌上的信封，里面是一张贺年卡；再打开贺年卡，里面写着两个字：快乐。

　　不一会儿，其他同学陆陆续续地来上学了，他们都跟我一样打开了信封。我走到好友小惠身边，悄悄地问："你的贺年卡上写了什么？"她轻声说："快乐。"

　　等大家都到齐后，我们发现全班同学的贺年卡上写的都是"快乐"两个字。有同学问："这贺年卡是谁送给我们的？"我说："看字迹，肯定是王老师。"小惠问："为什么王老师在贺年卡上写的都是'快乐'两个字呢？"没有人作答，但大伙儿都想知道答案。

　　早读铃声响了，王老师走进教室。我们迫不及待地问他。他说：

"一年有 365 天,我祝愿大家都快乐!另外,这贺年卡,在新的一年的某一天,你还可以把它送给你身边的人,比如爷爷大寿,你可以祝他'生日快乐';又比如到了爸爸妈妈的结婚纪念日,你可以祝他们'甜蜜快乐'……"

"王老师,我可以把贺年卡送给您吗?"我举手问。他含笑点头,说:"当然可以!"

我拿起笔,在"快乐"前面,加上"王老师,祝您新年"几个字。又想想,在"快乐"后面添加上"希望您明年还来教我们"。我雀跃着跑上讲台,去送给王老师。

天空

万籁俱寂

天空布置了

半个弯月亮　一颗耀星

在沉静的黑夜里

诞生一种深远的意境

一双幽然明亮的眼睛

滑过漆黑

仰首接过光的直射

生命的地平线

从此　美丽升起

红口琴

    我有过一把红色的木头口琴。它很小,和我的小手一样长。口琴是我和爸爸逛集市时,在一个老爷爷的摊子上买的。我特别喜欢这红口琴,每天都拿在手上,在村子里跑,在村子里吹。妈妈唤我回家吃饭,我都是用口琴回复的:"1155665!"后来,红口琴脱胶,散架了,我心疼不已,发誓说:"将来我一定要买一把更好的。"

    工作后,我真的给自己买了把口琴——24孔的大口琴。每次吹完,我都会把口琴里的口水甩干,用绒布包好。遇上外出旅行的日子,我就把口琴放在随身包里。

    我唯一能完整吹下来的曲子是《红河谷》,那是我在小学一年级时学会的。不知不觉,这首曲子与我相依了快四十年。

有些僵硬的片段

时常让我们不堪忍受

有些凝结的记忆

时时浮现　让我们感动不已

希望是春天的魂

树汁是树的乳汁

而冥想是勇敢者的诗章

湖草项链

我们村里家家户户都养湖羊，我家也养了五只。湖羊比山羊个头儿要大，肉质要肥，长的毛也要密。我们村的红烧羊肉远近闻名，吃了红烧羊肉，冬天特别能抗冻。家里养的湖羊，一部分是留给自家过年吃的，另一部分卖给商贩，他们把湖羊收购去，再卖给城里的大饭店。

湖羊特别能吃草，尤其爱吃湖草。所谓湖草，就是养在湖里的一种草，它有着长长的茎，茎上长着一片片橄榄大小的叶。爸爸像村里大多数人一样在京杭大运河里养了一大片湖草。运河里来往货船多，湖草常常会被货船激起的浪头冲走。爸爸想了个办法，将湖草茎下端用绳子捆扎起来，再用一根粗大的绳子将所有的绳头都缚在上面，绑在一块大石头上，这样湖草就不会被浪头带走了。

放暑假了，我们一群小伙伴都被父母要求去运河边看护湖草。长得茂盛的湖草,我们就要把它们从河里拖上岸,在太阳下晒干,等到冬天留给湖羊吃。

"谁来帮帮我？"我站在运河边的石头上,肩膀上拖着捆湖草的粗绳。我拼尽全力拖着湖草往河岸上走,这时后面就会跑过来一群小伙伴帮我一起朝岸上拉。所以,一天下来,我一个女孩子也能晒不少的湖草。

太阳当空照着,我们顶着田里摘来的芋艿叶,守在湖草旁,看着云朵在天空悠游。

"燕子,送给你的。"小杨手心里放着一串湖草做的项链。

他的手特别巧,那湖草的茎在他手中轻轻一扣,就"茎断丝连"。长长的一根茎,转眼间就是短茎连长茎,长茎连短茎,短茎连短茎,连成一串项链。那短茎,远看格外像绿珍珠。

我接过他做的湖草项链在脖了上比画了 下,说道:"太短了,只能算是手链。"我把它戴在左手上,展示给他看。

"那我再给你做串长一点儿的项链。"小杨说完,从晒着的湖草里挑选了一根极少见的深红色的茎,低头做起来。

项链做好了,我迫不及待地戴在脖子上。

"新娘子,新娘子,新娘子！"小伙伴中响起一片欢声笑语……

春 雨

雨珠滴答答没完没了地下

拥有珍珠般的纯洁

拥有珍珠般的光彩

我要把它们一个个地穿起来

戴在我的脖子上

让它们的光

给黑巷尽头的徘徊者引路

给中国的潮头镶上七彩之环

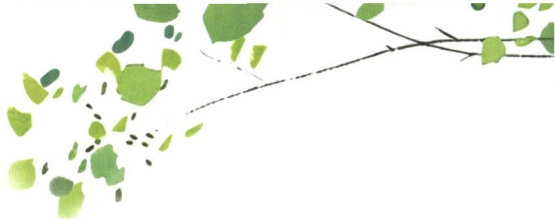

花手绢

花手绢,四方方,讲卫生,随身装。

小时候的手绢,很好看,绢面上印着各种各样的图案——我独爱小白兔采蘑菇。

手绢会被叠成长条形,用别针别在胸口右边。鼻涕来了,随手一擦就搞定了。

上学时,经常进行个人卫生检查。老师会让我们在午饭后洗手绢。我们把洗好的手绢晒在教室门口的栏杆上,不一会儿工夫就干了。随后,老师会教我们把手绢叠成长条形,戴在胸前。

有一回,校长来我们班检查个人卫生。他一个一个检查过去,检查到我时,他突然昂起头打了一个大喷嚏,口水都喷到我脸上了。我忙拉起胸前手绢的一角,对校长说:"校长,请用!"全班同学的目光

都投向我。我递手绢的手停在半空。他俯下身来,把脸贴在我的手绢上,擦了擦他的鼻子,说:"谢谢,小朋友。"他在口袋里摸了摸,摸出一块干净的蓝色方格的手绢,说:"刚才的喷嚏卟到你了吧?找替你擦擦。"他用他的手绢,在我的鼻子上、脸上轻轻地擦了擦……

不敢回首

风　挽着十八岁的女孩

在大街上行走

谁也不敢回首

看风行走

穿越往事

时间的尘沙

布满我的心头

话　筒

快到六一儿童节了，每班要出一个节目去参加全校汇演。经过班级海选，我、小惠和小丽一组唱的《小螺号》冲出重围，进入全校汇演节目单。

每天放学后，王老师把我们三个人留下来，进行训练。王老师弹风琴，我们站在风琴旁边唱。

"为了在正式表演时你们能出色发挥，现在，我们预演一下。小燕子是主唱，站中间。小惠和小丽站两旁。"王老师让我们站在"舞台中央"。

他看着我们，沉思了一会儿，说："看起来总觉得少了点儿什么，现在想起来了，是话筒。"他说完，把手中的歌谱本卷成话筒状，递给我："你把'话筒'放在离嘴边远一点儿的地方，让小惠和小丽的声音传过来。你们三个人的声音要和谐,听起来要像一个声音。"我们按照王老师的要求,不断练习。

终于到了儿童节,我们的节目排在第十六个。到我们上场表演了,这才发现话筒根本不用拿,它直接插在一个支架上。我走到话筒处,仰起头对准话筒。王老师弹起熟悉的旋律,我们三个人唱了起来:"小螺号,嘀嘀嘀吹,海鸥听了展翅飞。小螺号,嘀嘀嘀吹,浪花听了笑微微……"我们完全沉浸在歌声中。

表演完了,我们鞠躬谢幕,然后走到王老师身边,听他对我们的评价:"今天你们唱得很棒!就是在第一段与第二段之间过渡的时候,原本只需我伴奏就行了,小燕子却一直在唱。"我惊讶地"啊"了一声,红着脸,说:"我根本没有意识到,对不起!"王老师笑着说:"没关系,也许台下的观众以为是我们改编的呢。唱歌,开心最重要啦!"

我不再是个孩童

不要说我顽皮

我已会料理自己

熨平的连衣裙一片鹅黄

一朵蔷薇别在我胸前

不要说我幼稚

我已懂得如何成长

当红嘴的白鸽飞落手心

我摇摇头　悄悄地送它归巢

茴香豆

儿时，在电视机还没有普及时，村里每个月都会来一支电影放映队，在村里最大的晒谷场上搭起巨大的白色幕布，放映露天电影。晒谷场上热闹非凡，和电影放映队伍一起来的，还有卖各种小吃的小贩。

在各种小吃中，我们小孩子独爱茴香豆。茴香豆包在牛皮纸里，是一小包一小包卖的。

茴香豆，其实是一种煮制后的青蚕豆，胖胖的，如我的大拇指般大小。青蚕豆用水慢煮，水中加入茴香，熟透后出锅，烘干，裹上一层厚厚的糖粉，美味的茴香豆便做好了。

茴香豆很便宜，是我们小孩子都买得起的美食。一小包只要一角钱，但一小包里有很多粒。拿起一粒，手指上就会沾上糖粉，一舔，

很甜。甜味是童年的庆典。我们把茴香豆放入嘴中,用舌头将糖粉扫净。茴香豆很硬,得铆足劲,用力咬开,细细地嚼,豆的香味才会慢慢溢出来。露天电影放映的是《少林寺》,影片中的人物都有神奇的中国功夫,正派与反派打得越激烈,我们口中的茴香豆就吃得越欢。可是我们又舍不得吃完,会悄悄放在口袋里,等多日之后,一摸,竟然有茴香豆。意外发现的豆子是额外赚到的幸福。

扁 豆

当月亮弯腰成弧的时候

你就从藤蔓上吐出一荚荚带露的鲜嫩

成为弯月清晰的投影

于是 我们的瓷盘便变得翠绿晶莹

仿佛有一条条可爱的小船

把我们摇进江南的春水

摇进捶衣石旁呢喃的乡音

你又如秋天出巢的鸟翅

被阳光的尖喙梳理得温暖而透明

趁着好时光 蜂拥起程

你还是许许多多饱满的唇片

微笑总在你的嘴角停留

你呀 怀抱吮乳的婴儿

随口唱着母亲的摇篮曲

一如淅淅沥沥的细雨

无比柔润　无比清新

鸡毛毽子

鸡毛毽子上的鸡毛是从芦花公鸡的尾巴上拔下来的。芦花公鸡尾巴上的毛，是家里宰鸡时，我千叮咛万嘱咐拜托妈妈，让她特意留卜来的。留儿根？留五六七八九十根，越多越好。

踢毽子，对我来说特别难，我最多能连续踢四个。超过四个，那是要我的命的。我从来不与别人比踢毽子，因为我知道自己几斤几两。

踢毽子没学会，我却学会了做毽子，小伙伴都夸我做的毽子耐用。其实是我用的花布质量好，那是我从我妈妈用来做棉鞋的布料里偷出来的。

我把做好的鸡毛毽子卖给同学们。卖得的钱，我就去买豆沙包吃。自己赚了钱，要慰劳自己一下。

狗尾巴草

寂静了多少星辰

缄默了多少记忆

根强劲地延续

它的生命

在一个阳光明媚的日子

我踏歌而来

看见你茸茸的脸

礼仪一般颔首浅笑

每一个细节都有

一种稻穗的思想

每一块湿土地都有

诗收割过的一茬光阴

疾风掠过　窈窕站立

你是大地上最飘逸的绿云

又是原野最浪漫的梦幻

我　在此深深迷醉

立夏狗

　　立夏节气,在我家乡有做立夏狗的习俗。据说吃了立夏狗,小孩儿在夏季不会得病。立夏狗是用糯米粉与南瓜叶手工揉搓成的。

　　我从小怕狗,不爱吃这种"立夏狗"。可是妈妈却不厌其烦地对我说:"吃了立夏狗,东南西北走。"我顶嘴道:"我不要东南西北走。"

　　我上幼儿园了,那段时间几乎每个星期都会生病。这让妈妈疲惫不堪,于是她想了各种法子改良"立夏狗"。她在"立夏狗"里包裹上我最爱吃的豆沙馅,语重心长地对我说:"乖,吃!"她的眼里闪烁着期待,我就乖乖地听从了。

　　后来,上了中学,身体发育后,我渐渐强健起来。妈妈为了保护我的这份幸运,年年都做"立夏狗"。如今,我四十多岁了,她还做;做好了,大老远地送来给我吃。我吃一口,眼泪不自觉地流了下来……

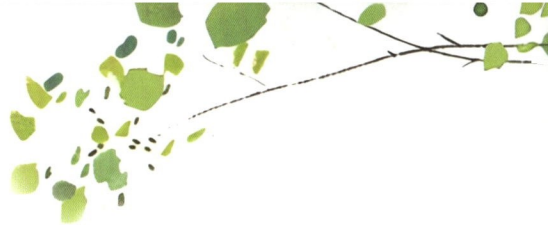

夏至

水托举着荷

荷唱着她的歌

告诉那只拜访她的红蜻蜓

夏　已翩然而至

已行走于微微的南风里

不经意间

把我们每个人的情感

憋得通红

镰 刀

家里养了两只羊，长得又瘦又小。妈妈交给我一把镰刀，说："每天放学回来，割一箩筐草，千万别忘了。"

有一天放学后，我和几个同学没有直接回家，而是在村里的晒谷场上跳皮筋，一直跳到了太阳落山。我突然想起了家里的羊，急忙飞跑回家。一到家，发现羊圈里没有羊的踪影。

羊去哪儿了？我浑身吓出阵阵冷汗，赶紧奔出家门，四处找寻，终于在屋后的菜地里找到了它们。我挥舞着手中的镰刀，去追赶它们，它们比我跑得还快，在菜地里肆无忌惮地乱踩，菜苗都遭了殃。我害怕极了，大声喊："别乱跑了！别乱跑了！"它们冲我"咩咩"叫着，一点儿也不听话。

这时，我想起手中的镰刀，割了几把草，朝羊儿递过去。羊儿循着草味,越过菜地。我把羊儿引到荒地上,看它们吃草,对它们说:"饿坏了吧? 我知道你们是因为饿得不行了,才从羊圈里逃走的。真对不起啊! "羊儿在夜色中低着头,吃着草,抬头看看我,"咩咩"地叫着。夜幕中,星星出现了,有流星划过天际。我用镰刀赶着羊,回家去……

月 亮

弯弯的月牙儿像一把镰刀

银光闪闪地挂在树梢

你那样雪亮　那样灵巧

月亮啊　待到田里的稻子熟了

你能否借给我去收割欢笑

录音机

　　我是听妈妈唱的歌长大的。受她的熏陶，我很喜欢唱歌。妈妈在自家井台边洗衣服，我就围着她唱："我的好妈妈，下班回到家，劳动了一天，多么辛苦呀。妈妈，妈妈，快坐下，请喝一杯茶……"

　　不久，妈妈送了我一台录音机，对我说："跟着录音机学唱歌吧！"她把一盒卡带放进录音机里，录音机就唱起来："我独自走在郊外的小路上，我把糕点带给外婆尝一尝……"我跟着录音机唱啊唱，A 面学完，学 B 面；B 面学完，重新唱 A 面。后来，我学会了录音，于是就把我会唱的歌统统录进卡带里。录了 A 面，录 B 面；录完了 B 面，重新录 A 面。我把录好歌的卡带郑重地送给妈妈。她说："我喜欢听你唱歌。等有空，我和你一起唱！"

　　那台小录音机，至今还放在我老家书房的抽屉里。

过 去

谁没有过去

在沉思中

我走进过去

一些淡淡的忧伤

如潮汛般涨起

渗入我已不再蒙尘的双眼

冥想之中

过去变得遥远却清晰

世界如磐石屹立

未来在充满希望与激情的岁月里

唱着永恒的歌子

走过的今天　又成过去

铝饭盒

　　小学二年级时,我们读书的村小被撤并,我从村小转到了镇上的中心小学读书。上学的路途一下子远了很多,妈妈担心我走路太慢,中午回家吃饭来不及,就给我买了一个铝饭盒,在学校的食堂蒸饭吃。

　　我的铝饭盒是最小号的。妈妈把它交到我手中时,我马上用小刀在盒盖上刻了一个粗粗的"姜"字,因为不放心,又刻了小一点儿的"晓燕"二字。清晨,我提前半个小时到了学校,直奔食堂,淘米。当我把铝饭盒放在大铁锅旁的大木桌上时,已有好几个铝饭盒放在那儿了。

　　上午的课结束后,我飞跑到食堂拿饭盒吃午饭。到那里时,很多饭盒被放在木桌上。我一个一个地看过去,一遍看下来,没有看到我

的铝饭盒。我的心一下子提了起来。我又看了第二遍,还是没有。"怎么会这样?"我难过得仰天长叹。这时,陆陆续续地有同学来拿饭盒。我呆呆地望着最后一个饭盒被拿走了……

我捧着一颗破碎的心回了教室,眼泪流个不停,肚子一阵阵"咕咕"叫,我忍不住吞起了口水。下课的铃声一响,我风一样地冲向食堂。我不死心哪!

运气真的来了!食堂木桌上赫然放着一个铝饭盒!我扑上去,拿起饭盒,看到上面醒目的"姜晓燕"三个字。太好了!我掀开盒盖,饭还在。我饿坏了,迫不及待地抓了几口冷饭吃。味道真好啊!

剥茧的妈妈

上工时　篮里的铝饭盒闪着晨星

下班时　蚕茧水和月光沾满衣襟

您在茧盆前坐得腰背发硬

一双手被冷水泡得白皙如银

妈妈　您是超越一切季节的蚕

留给我最鲜最嫩的桑叶

想起您当年贴在鬓角的湿发

我　云霞一般的诗句不敢仰视黑丝上的霜雪

绿皮火车

"燕子,爸爸要坐火车出差去了,你在家陪妈妈,要乖哟!"爸爸每次出远门前,都会反复地对我说。

"爸爸,您带我去吧,我想坐火车!"我请求着。

爸爸早已想好了答案:"等你长大了,我再带你去!"

这一等,就等到了我上小学一年级。那年暑假,爸爸对我说:"走,去见见火车!"

火车站里,到处都是人。那时候,人们都习惯穿蓝色的衣服,我眼前一时间蓝蒙蒙的。"爸爸,火车在哪儿?"我跟在爸爸后面不停地问。

终于见到火车了,它是那样大,那样长,那样绿。车身是绿的,车厢是绿的,连座位也是绿的。火车跑起来,窗外飞驰而过的田野、村庄都是绿的。流动的绿色让我目不暇接,心里像过年时一样美。我双手扒在车窗上,脸贴着玻璃,呼出的兴奋一直随火车飞奔……

"燕子,我们到浙江绍兴了,下车!"爸爸提醒我。"啊?火车跑了这么久,还在我们浙江呀?我不想下车,我还想坐呢!"我恳求道。爸爸牵起我的手,说:"等你长大了,就可以坐火车去更远的地方了!"是不是世界上所有的父母都是这样安慰孩子的?

爸爸与四川风味

在榕城的某个小店里

爸爸　平平静静地坐着

聆听桌旁浓重的方言

等待四川风味的熏陶

麻　灼痛爸爸的神经

而无损阳光下的沉思

辣　擦亮爸爸的眼睛

生活的艰辛忽生暖意

穿越桌面　穿越人群

前面的十字路口

依旧唱着岁月的歌子

爸爸望着　径自微笑

马兰头花戒指

马兰头花是马兰头开出来的花。马兰头是一种野草，每到初春时节，田野乡间长满了这种成片成片的马兰头。

在我们当地，人们把马兰头割下来，清煮，入笋，加芝麻油，做成一道凉拌菜，十分清爽鲜美，是过年餐桌上必不可少的一道菜。

到了秋天，马兰头就抽出长茎，孕出花蕾，慢慢地开出淡紫色的小花，小小的，很雅，很美。我们迷恋它，还因为当时流行的儿童故事片《马兰花》，这花身上有善良仙子的身影。

随爸妈下地时，我和几个邻家孩子就聚在田埂上，连根拔起马兰头，去除叶子，留下长茎和花，将长茎交叉，绕成圈儿，一枚花戒指就做好了。你送给我，我送给你，转眼间，我的一只手上就戴了五枚花戒指。手伸向天空，阳光下，花戒指闪闪发光，美极了。

我们戴着花戒指爬树,跳皮筋,写作业。下课时,我们走到语文老师身边看她批作业, 当看到她在我的作业本上写了一个大大的"5"分外加3颗红星星时,我万分激动,不假思索地摘下手上的马兰头花戒指,送给老师。老师郑重地双手接过花戒指,戴在无名指上,欣喜地看了看,说:"太漂亮了!"接着,她依旧批作业。随着手的移动,我看到花戒指上的一片花瓣掉落在本子上。老师批改完后把本子合上,与其他本子叠放在一起,那片花瓣给了谁呢?

阳春三月

草间蝴蝶时时舞

花丛蜜蜂嗡嗡喧

蜂鸣蝶舞花草香

阳春三月最娇媚

天空紫燕翩翩飞

树上黄莺恰恰啼

莺歌燕舞春色甜

叫人乐得笑眯眯

毛　笔

　　班主任王老师对我们说："新来的校长这个学期要来给我们上书法课，教我们写毛笔字。"听到这个消息，我们没有一个人欢呼，一个个面面相觑：我们可从来没写过毛笔字，校长会不会骂我们笨？

　　第一节书法课，校长背着一个工具箱来上课了。听说，他在前一所学校就常拿着这个工具箱。他从工具箱里拿出一大捆毛笔，说："每人一支。这是我从家乡带来的，叫'湖笔'，湖水的'湖'，毛笔的'笔'。我已经帮你们把笔头化开了。每个人都要保管好这支笔。"我拿着毛笔，用笔头上的毛，轻轻刷了几下自己的脸，真痒。

　　"毛笔不是用来玩的，瞧，应该这样拿。"他把握笔的姿势示范给我们看，还一一矫正我们错误的姿势。

　　"什么时候开始写字呀？"有同学忍不住嚷嚷了。

"这就开始。"校长从工具箱里拿出一支很大的毛笔,足足比我们的毛笔大上十倍,蘸上清水,在黑板上写了一个"一"。他说:"起笔重一点儿,提笔轻一点儿,收笔先重后轻。大家试试看!"他在我们中间巡视,走到我身边时,我紧张极了,握毛笔的手抖个不停。

　　他站在我面前看我写。我控制不好毛笔,一下笔就是墨汁一团;再下笔,墨汁变成了更大的一团。我无奈地咂咂嘴。

　　"把手伸给我。"他对我说。我伸出左手,他拿起我的毛笔在我手心里写了一个"一"。

　　"别急,照着我的字,慢慢练。"他说。

　　我深吸一口气,小心翼翼地下笔……

墨水·诗歌·父亲

父亲质朴的书桌上

一瓶瓶墨水色泽浓重

蕴藏着许多汉字的奥秘

父亲的钢笔在握

墨水便化作海鸥

穿过永不褪色的瓶口徐徐飞向

一方纯净的天空

无论在寒风凛冽的冬夕

还是在星芒收敛的夏夜

父亲总在橘黄的灯下思考

笔尖衔一串长长的梦

深入生存的时空

直到蓝色的地平线无比清晰

潮汐一如静止的摇篮

墨水的香醇陶醉着父亲

父亲的嗅觉清新着墨水

墨水流经父亲炽热的血脉

孵化出翅翼坚韧的灵鸟

从寒舍腾飞　　唳声覆盖大地

欢呼雨后的太阳

灿烂我们的家园

墨水　　闪耀父亲的不熄之光

诗章　　挺直父亲不阿的脊梁

父亲不断地在书桌前奋笔疾书

催动自己的年轮歌唱

歌唱生命的美丽　　美丽的生命

牡丹枕头

　　五月已过，学校有了午睡课。铃声一响，我们就拿出各自的枕头，靠在上面睡觉。可我们哪能马上睡着呀？班主任沈老师抱着一个白枕头走进教室，说："还没睡着的，放学后单独留下来补睡。"我们立刻把眼睛闭上了。等过了两分钟，她的话威力消失了，我们又把眼睛睁开。悄悄传纸条的，在课桌下玩铅笔的，挖鼻孔啃手指的，干什么的都有。我们这一套小把戏，沈老师心知肚明。她看着我们说："睡不着吧？那我们不睡了。我给你们讲个故事吧，是小时候外婆给我讲的。"我们开心地拍打着枕头。

　　沈老师把她的白枕头抱在怀里，娓娓道来："从前啊，从前有一只小兔。呵——小兔打了一个哈欠，小兔睡觉了。从前有一只小熊，呵——小熊打了一个哈欠，小熊睡觉了。从前有一头小猪……"我们

100

马上顺口接道:"呵——小猪打了一个哈欠,小猪睡觉了!"沈老师惊讶地问:"这个故事,你们都知道啊?"有个男生突然站起来说:"沈老师,这个故事不是外婆讲给您的吧?是您自己现编的吧?"沈老师忙用白枕头挡住脸,害羞地说:"别戳穿,好不好?"有同学立刻说:"这是沈老师为了哄我们睡觉才编的。谁会对我们这么好?我们还是快睡吧!"沈老师向那位同学频频点头。我们乖乖地闭上了眼睛。过了两分钟,我偷偷地抬头看沈老师,她正望着我们,手里的白枕头上,绣着一朵牡丹花。

普宁牡丹

你是诗坛上最美丽的花

胜过玫瑰海棠　千里飘香

你是人世间最绚丽的花

胜过桃红柳绿　满树金黄

你是春天里最美丽的花

云想衣裳花想容

你是夏天里最绚丽的花

满目虹霓　万里红霞

铅笔盒

上小学一年级的第一天，爸爸送给我一个铁皮铅笔盒。我把铅笔盒放在课桌上，用衣袖擦拭干净。我的铅笔盒闪闪亮。

第一节课，老师让我们自我介绍。我自告奋勇举起手，第一个上讲台介绍，老师奖给我一张五角星贴纸。我把它贴在铅笔盒内层的"九九乘法口诀表"上，我心中呐喊："我要贴满八十一颗'星星'！"

我注意到我的同桌一节课都在玩铅笔盒。他把铅笔盒掀开一条缝，闭着一只眼往里偷瞄。下课后，我问他："你在往铅笔盒里看什么？"他打开铅笔盒给我看。天哪，里面是一只只圆圆的小虫子。小虫子爬来爬去，恶心得让人头皮发麻。

"我要报告老师，你的铅笔盒里装着可怕的虫子。"我对他说。他忙求饶："千万别告诉老师！这是西瓜虫，是我在教室门前的砖头下

发现的。它们可好玩啦！"我说："你快把虫子放了，否则我不跟你同桌。"他一听，只好拿着铅笔盒走到教室外面，把铅笔盒打开，让里面的西瓜虫爬出来。我们看到西瓜虫纷纷爬过铅笔盒的盒沿，快速地爬向墙根。我对同桌说："好了，西瓜虫都回家了！你的铅笔盒以后得像我的一样，只准装文具和'五角星'。"他扬起铅笔盒，说："才不要跟你的一样呢！"

我是一片阳光

我愿是那田野上

一片夏天的阳光

晴空万里　无限生机

照耀着许多

不断成长的生命

我愿是那公园里

一片夏天的阳光

穿梭在忘情玩耍的小朋友间

听欢声笑语萦绕耳际

我愿是那海面上

一片夏天的阳光

直射过来　　没有半点犹豫

让灵性浮动于水思索成浪花

我更愿是那生活道路上

一片夏天的阳光

无论欢快时的雀跃还是辛酸时的悲伤

都灿烂着生命中的每一句诗

青菜年糕

感冒了，没有胃口，特别想念妈妈做的青菜年糕。

儿时放寒假，睡得晚起得也晚，常常早饭都不吃，就窝在被窝里。妈妈见我不起床，就去家门前的菜地里摘几棵青菜，炒一盘青菜年糕，送到我的床前。我闻到炒年糕的香味，立刻一个鲤鱼打挺坐起来。妈妈把一双筷子递给我，在我盘起的两条腿间放一块毛巾，把装年糕的盘子放在毛巾上，说："趁热吃，吃完记得把盘子、筷子洗干净！"说完，她转身走了，临出门，她还要再叮嘱一句："小心烫！"我就坐在被窝里，夹起一块年糕"吧唧吧唧"嚼起来，偶尔会吃到开菜花的青菜，会欢喜上很久……

感冒了，好想吃一盘热腾腾的青菜年糕呀！对，是一盘哟！

妈妈的一天

早晨起来

妈妈的第一件事

是用结茧的手为我梳好小辫

把我打扮得漂漂亮亮

而后点头微笑

这是妈妈的骄傲

妈妈的第二件事

是留给我一个纤瘦的背影

穿过整个小镇

走过广济桥去丝厂劳作

这是妈妈的喜悦

妈妈的第三件事

是和晚归的夕阳一起回家

鬓角的汗珠　亢奋的心情

被爸爸的一方手帕

擦出微嗔的笑声

晚上

妈妈的最后一件事

是坐在电视机前

轻轻地和我依偎

用绵绵的话语和爱

酿出我午夜的好梦

青皮甘蔗

　　甘蔗,是我打小最喜欢的。尤其是青皮甘蔗,百吃不厌。

　　我小时候体弱多病,每到秋季,必发高烧,医生都无法将我的体温降下来。为了抚慰我,妈妈顶着漆黑的夜幕,去地里砍甘蔗给我吃。神奇的是,我吃完甘蔗,高烧竟然退了。她欣喜不已,每年都会种甘蔗。这一种,就是三十年。而种甘蔗的地,永远都是靠河边的那块。

　　那块地,其实是舅舅家的荒地。妈妈把它开垦出来,她砍掉甘蔗的头和尾,只留下最粗壮的部分,整齐地种在地里。我坐在田埂上看妈妈种甘蔗,不停地问:"妈妈,甘蔗会开花吗? ……妈妈,甘蔗为什么会这么甜? ……妈妈,为什么我吃了甘蔗病就好了? "她没有回答我,只一个劲儿地笑。她的笑,就像甘蔗一样甜……

　　周五上班时,妈妈打来电话:"甘蔗甜了,周末回家吃甘蔗! "

蔗 笛

无数绿色的容颜已悄悄褪尽

所有蠕动的生命已静静栖息

寒风吹皱我们匆匆的背影

只有你 甘蔗林

蓬勃如野外的长笛

慢吹一曲又一曲

紫色的感觉

甘醇的音流从季节溢出

溅落在我们冰冷的心尖上

于是我们的灵魂不再畏畏缩缩

我们的念头不再夭折于风里

润喉片

　　"王老师来了,他今天戴了一个大口罩!"班里的小睿跑进教室对大家说。他刚说完,王老师就站在了我们教室里。果然,他戴了一个大口罩,露出的双眼中没有了往日的笑意。他没有说话,挥手示意我走到他身边去。我走了过去,王老师在我耳边说了几句,我一时没听清,说道:"王老师,您再说一遍,行吗?"他找来一支笔、一张纸,写了几个字:"你来领读!"原来,王老师嗓子哑了,不能说话了。早读结束,第一节语文课,王老师没有讲课文,只让我们做练习。教室里没有了王老师的谈笑风生,感觉少了很多东西。

　　下课后,我往医务室跑去,后面还跟着好几个同学。到了医务室,我对校医说:"有治嗓子的药吗?"校医摇摇头。我又问:"那如果您嗓子哑了,怎么办?"他拉开抽屉,取出一个小铁盒,说:"吃这个枇杷润喉片！"我说："请给我一片，行吗？"校医说："你嗓子又没有哑！"我说："我们的王老师嗓子哑了！"校医说："可是润喉片不能马上让嗓子变好。"我们齐声说："没关系！"校医说："只剩下两片了，都给你们。"我用纸把两片润喉片包好，和同学一起跑向王老师的办公室。

王老师正在批改作业。大伙儿派我做代表去送。我心里害怕，不敢去，于是折回教室，找了张纸，找了支笔，写道："好好休息，嗓子早点儿好！"我跑进王老师的办公室，把东西放在他面前，赶紧跑开了。

枇杷之思

从小雪到大雪

节气真像慢悠悠的雪人

这时　没有人会想起你

可你已悄悄地从稀疏的枝叶间

吐出乳白和幽香

随后　有一个个青青的小东西

睁大眼睛　倾听着人间风雨

当我们匆匆滑过冬季

脱去厚重的外衣而又慢慢饮尽春酒

忽然惊讶你浑圆的轮廓

让夏天变出了金黄

视野中满是亮丽

山楂饼

　　和闺蜜相约春游，中途在一株绣球花旁休息。她从包里取出一份小零食，放到我手心里。我一看是山楂饼，高兴地说："是我们小时候最爱吃的山楂饼啊！外形也和小时候的山楂饼一样，是一小筒的啊！味道是不是还和小时候一样呢？"此时，闺蜜把她已打开的山楂饼递过来，说："尝一下不就知道了吗？"

　　我用手指捏起一片山楂饼，放到嘴里，舌头将这小圆片一舔，甜滋滋的，用牙一咬，酸润润的。"是和小时候一样的味道。"我对她说，"酸酸的，甜甜的，吃了胃口大开！"一小筒山楂饼差不多吃完了，她把剩下的连同包装袋一块儿递过来，说："全给你了！"我毫不犹豫地接过来，说："你也跟小时候一样可爱！"我们不约而同地笑了，在这个阳光明媚的春天里。

水 缘

天上降落的雨

池中溅起的水

我们相遇　默契

在世界之内　在时间之外

秋欲静而风亦静的池旁

我们隐约可见

这一朵娇艳的花　思维缜密

在你我之间摇曳　亮丽

万般友情都是水

千种感觉皆是诗

水的语言透彻无比

流动着　成句成篇

水仙花

　　我第一次见到水仙花是在念小学二年级时。那回，我同桌邀请我们去他家玩。我一进屋，就瞧见他家茶几上的小盆里养着几株绿色植物。绿叶间有芽苞冒出来，芽苞里钻出一朵小白花。我凑近一闻，香味淡淡的，真好闻。同桌见我一个劲儿地盯着小白花看，就对我说："这叫水仙花，我送你一株。"说完，他双手伸进小盆里，扶住水仙的球茎，"啪"一声，掰下那个小白花的球茎，说："它很好养的。"

　　从那时起，我就爱上了这白色的水仙花，年年都养。后来，我家搬进城里的公寓楼，楼下是整条街的花店，常年有水仙花卖，我都会选择买最矮最敦实的水仙，觉得它长得像同桌送我的那株。水仙花买回家，我用手机拍下照片，发给朋友们："买了水仙花，就等过年啦！"有人留言给我："我也买了。我们一起养哟！一起等过年！"

117

野水仙

在阴霾沉沉的冬季里

冰花挂满我们

紧闭的窗

我没有忘记你

野水仙

郊外默默无言生长的你

整日整夜

在杂草丛中深藏不露

寒风中　你白色的衣袂

仙气飘飘　时隐时现

野水仙

默默无言生长

你在想什么

那么弱小　却又那样强悍

给我一份冰清玉洁的沉思

引着我返回葱绿的小路

塑料凉鞋

塑料凉鞋，是用塑料做成的凉鞋，它流行于我的幼儿园到小学时期。凉鞋的颜色有很多种，有柠檬黄，有太阳红，有海水蓝……高档一点儿的塑料凉鞋是透明的。我偏爱晚霞红色的塑料凉鞋。

那时每逢春末，妈妈会带着我去赶集。她把一蛇皮袋的辣椒卖掉，就给我买一双塑料凉鞋。假如遇上辣椒大丰收，妈妈会给我、爸爸、她自己各买一双。

这种塑料凉鞋，鞋底很滑。我穿着凉鞋跑，妈妈总要大喊："别跑太快，小心摔着！"她越是这样提醒，我"吧嗒吧嗒"跑得越快。

凉鞋很容易断，尤其是搭扣的带子处。如果断的地方口子小，我就用针线自己缝上；如果口子大，爸爸就从我的旧凉鞋上剪下一片，用烧红的火钳烫一下，然后粘在断裂处。一个夏天下来，凉鞋上会布满各色的塑料片。

　　现在,这种塑料凉鞋很少有人再穿了。一天,我竟在网上看到有同款的凉鞋在卖,广告语是"童年的鞋",我当即下单买了一双。穿上后下地,依然能听到脚下"吧嗒吧嗒"欢快的声音……

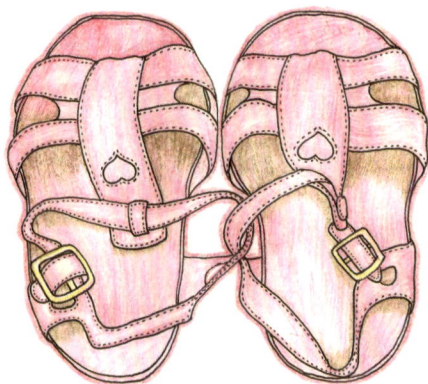

闹 雨

暮云里骤然洒下一片雨

绿影下立刻开出几朵小红伞

她们

伸出粉白粉白的小脚丫

兴奋地嬉闹着

雨丝的甜嫩

撩起银铃般的一串串笑声

瞧

雨丝跑进了她们的童话里

在小红伞下惬意地互相追逐着

一个个忽明忽灭的小水泡

俏皮地变幻出无数神奇的象形文字

清凉着一个个夏天的小太阳

随身听

随身听这股风不知道是何时刮起来的,说刮就刮了,班里的同学,转眼间人手一台。傍晚放学,他们将随身听上的耳机塞在耳朵里,嘴里跟着哼哼,一副悠闲的样子。

好友小惠有一台随身听,她把其中的一个耳机给我戴,说:"你听听!"我凝神细听,是几个人在唱歌,"啦啦啦"个不停。后来才知道是一个叫"小虎队"的演唱组合唱的《青苹果乐园》。音乐的旋律一直在我耳边回荡,我因此也很想买一台随身听。去电器店一看,便宜的只要二十多元,贵的要四百多元,我决定买个最贵的。但四百多元,对于我家当时的经济条件来说,是一笔巨款,爸妈绝对不会同意的。

"我有钱!"我突然想起来,我有两个小猪储钱罐,里面有不少钱了。我把储钱罐打碎,取出里面的纸币和硬币认认真真地数。100

……200……300！还差 100 多呢！"我还有钱！"我去心爱的书里找，里面夹着一张张崭新的纸币，10 元……40 元……80 元。还差一点点了。我可以去借！我去向小慧借。她说："借给你的钱，不用还的。以后随身听买来了，一个星期里，你用一、三、五，我用二、四、六、日。"我马上问："凭什么？"她说："凭我是唯一能帮助你实现愿望的人啊！"小慧说完，看看我，忽然哈哈大笑："逗你呢！"

随身听买来了，下课后，我们躲在女厕所里听。"爱薇沙啦啦啦，爱薇我我我！"我们听见了不一样的语言，歌曲叫《昨日重现》。世界从此变得沙啦啦了！

我是一阵风

甩一甩我的黑长发

告诉你　我是春天里的一阵风

轻轻吹来绿意与深情

让季节在枝头

凝眸浅笑

甩一甩我的黑长发

告诉你　我是春天里的一阵风

悄悄拂去哀愁与寂寞

让温柔在时光里

四处飘落

甩一甩我的黑长发

告诉你　我是春天里的一阵风

不经意地掠过你的眼帘

撩起百草千花

细细的蕊

甩一甩我的黑长发

告诉你　我是春天里的一阵风

高高地飞过山峦峰巅

让鸟儿在彩云间飞翔

绚烂你的生命

太阳帽

平时,我是根本不需要太阳帽的。在村里玩,阳光射下来,随便找棵树就能蔽日。

老师通知我们下周三去杭州动物园春游。周六开始,我就跟妈妈请求:我要一顶太阳帽,一定要买。妈妈说:"还是雨伞遮阳效果好,太阳帽没什么用。"我说:"太阳帽会有大用处的。"

妈妈拗不过我,给我买了一顶。是草帽,上面有绸带系的一个蝴蝶结,帽檐上还印有"上海"两个花体字。妈妈提醒我要把帽子保管好。我保证道:"放心,绝对不会丢的。"

春游那天,老师在前面带路,我们排好队,手牵手,一种动物一种动物看过去。我故意不走连廊,挣脱同伴的手,往空旷的地方走。同伴唤我:"快回来,老师说要遵守纪律。"我按着头顶的太阳帽,蹦

啊蹦，一直蹦到老师盯着我看才罢休。

笼子里，孔雀在散步。大伙儿有的拍手击掌，有的"嗷嗷嗷"叫，有的围着笼子学孔雀走路，想尽办法逗它开屏，但它就是无动于衷。我摘下太阳帽，在手中不停地挥舞，嘴里喊着："孔雀，看我——孔雀，看我——"孔雀向前迈了几步，扭动了一下屁股，竟然开屏了。一群人发出了爆炸般的欢呼。

参观完动物，老师让我们坐在草坪上吃自己带来的零食。这是最惬意的时候。我注意到草坪上有一片片的花瓣，是玉兰花。我摘下太阳帽，将花瓣一片一片捡起来，盛在帽子里。女生们都围聚过来帮忙，没过多久，帽子里就有很多很多的花瓣了。我把帽子往空中一扔，花瓣就飘散下来，无比美丽。男生们也跑进花瓣雨中玩，笑声串串。

春游结束,回到家,妈妈问我:"玩得开心吗? 大阴天的,你的太阳帽没有戴吧? "我说:"才不是呢,我一直戴着。"说完,我发现太阳帽不见了。我仔细回想,断定是因为我在回来的车上睡着了,下车时忘记拿了。"怎么办? "我难过地问妈妈。她笑着说:"明天回学校问问老师能不能联系到那辆车的司机,把太阳帽拿回来。"

我流着眼泪"嗯"了一声,不放心地追问:"司机看到帽檐,会不会认为太阳帽是上海人的呀? "

小太阳

贝贝　外公的小太阳

你用童真搬来白云与蓝天

让世界顿时

一片晴朗

贝贝　外公的小太阳

你稚嫩的歌声

从假日里飘来

在世界四周洋溢着欢乐

贝贝　外公的小太阳

你俏皮的嬉笑声忽远忽近

驱赶冬日的寒风与凛冽

给外公以抚慰

贝贝 外公的小太阳啊

你一双小手舞着

你眼里纯纯的世界

慢慢生出对生活的期盼

搪瓷杯

还没上幼儿园时,爸妈时刻把我带在身边。他们去锄地,我也跟着去锄地;他们去播种,我也跟着去播种。无论锄地或播种,爸妈都会用搪瓷杯泡一大杯红茶带上。

在地里干活儿累了,我们会坐在田埂上休息、喝茶。一掀开搪瓷杯盖子,上面挂着的细密水珠就不断地滴落下来,茶水入口,甘甜解渴。我们在田地里喝茶,天高地阔。有时,爸爸会从他的衣袋里摸出一把花生,剥开壳,在手心里搓掉花生的红皮,就着茶水吃,是无与伦比的享受。

搪瓷杯除了泡茶,还会用来盛饭——将烧好的白米饭盛在搪瓷杯里,上面盖上炒青菜、炸鱼条、卤蛋。中午干完活儿,我们就坐在干草垛上吃田间饭,谈笑风生,有滋有味。

和爸妈吃田间饭的时光特别短暂。我上学之后，就很少下地了。后来，我考上了省城的师范学校。期末大考时我发了高烧，爸妈来省城看我，从包里取出搪瓷杯给我。我打开一看，是一搪瓷杯的红枣银耳羹。爸妈对我说："快喝呀！"我捧着搪瓷杯，哭了，觉得好幸福，好幸福……

漫想于天地之间

如果你步入一条窄窄的小巷

抬头看天

它却奇妙地静卧于你额上

成一条蓝莹莹的长廊

如果你踯躅在晶亮的雨中

看那一挂挂珠帘坠落在

一畦畦松软的泥土里

它会溅起岁月的花朵

一如不逝的心迹

我们直立在天檐之下

行走于地面之上

在昼与夜的分界线

分辨生命的每一处关节

而天地默默注视着日月的阴晴圆缺

人类的悲欢离合永远如斯

跳舞草

　　"燕子，我打算把老房子拆掉，造个二层的楼房。我们要搬到庙里去住一段时间。"爸爸对我说。

　　那天早上，爸爸用钢丝车把收拾好的衣物往庙里运。我在后面帮他推车。从我们家到庙里大约走十多分钟就到了。庙叫"东庙"，庙门口有一对大石狮子。

　　进庙之后，有一间正殿，很大，很宽敞。

　　"妈妈，我们以后就住在这儿了吗？"我问。

　　"暂时住住。等我们的房子造好了，就搬回去。"妈妈边说边把衣物从车上卸下来。

　　"妈妈，我睡哪儿？"我看看屋内，没有一张床。

　　"你睡在我们旁边呀。我们打地铺睡。你看，靠墙边，我已经铺好干稻草的地方。那里光线好，太阳光可以从窗户射进来，照在我们的地铺上。"妈妈的眼神里是无尽的憧憬。

第二天，醒来。我看到阳光照进屋子，在墙壁上形成温暖的光斑。我忽然看到窗台上生长着一株野草，正开着一朵淡黄色的花，在晨风中跳着舞……

菊与你

菊　可以种植在温柔的早春

绽放出她独特的气质

淡淡的　幽幽的

娴静成一种少女的姿势

生命　因此变得珍贵而美丽

你　淡如菊的女孩

在馨香的阳光里

悠悠地　深深地

走进我的诗篇中

世界仿佛突然明朗起来

西瓜灯

家有一亩二分(约合 800 平方米)地,爸妈会让它长满西瓜。爸爸为了防小偷儿,在西瓜地里搭了一间小竹屋。全家人晚上就在竹屋里看瓜。

一天晚上,爸爸摘来大西瓜,我们一起吃。他在西瓜顶上切了一个"盖子"下来。我用调羹一勺一勺舀来吃,过不多久,红色的瓤就被我掏完了,剩下一个碗状的西瓜皮。爸爸说:"我来教你做西瓜灯。"他用小刀在瓜皮上划了一个三角形,又在三角形下方划了一条竖线,然后用小刀在三角形上刮了几下,把表层绿色的瓜皮刮掉,接着将手电筒伸进西瓜皮里。"天哪,是小雨伞!"我惊讶地叫道。"让我也试一刀!"我对爸爸说。他说:"可以多试几刀!"

我就在爸爸已雕刻过的西瓜皮上,用小刀刻了很多的"星星",

还用小刀刻上了自己的名字。爸爸给西瓜皮穿上线,点上蜡烛,西瓜灯就做好了。

我提着灯,迫不及待地离开了竹屋。在西瓜灯下,我越走越远。等到我想回竹屋时,已不知身在何方。西瓜灯的光在摇曳。路变得漆黑。抬头看看天上,有一颗特别大的星星。"朝着那颗胖星星,走吧!"我深深地吸了一口气。

忽然,一阵大风吹来,西瓜灯灭了。我惊慌地大喊:"啊——救命啊——"然后本能地狂跑起来。黑夜被我喊出了一个洞。如电影桥段一样的一幕出现了:爸爸来找我了……

爸爸带我回竹屋,把西瓜灯挂在竹屋的屋檐下,对妈妈说:"别担心了,女儿找回来了!"

灯与月亮

摊开夏季

我的心有那么

一点点的颤抖

杯中之水滚落你的语言

心已开始潮湿

而夜晚仍然模糊不清

窗内的灯小得可怜

却为黑夜中的迷途者

指引阳光和驿站

窗外的旷野　忽然

银白银白

告诉我

经过翻山越岭的旅行

才能在此歇息

悬挂明天

香片纸

　　香片纸，放在鼻子下闻一闻，嗬，太香了！这香，带着粉，全身刹那间就会被香透。

　　香片纸，在儿时，普通的杂货店都有卖，五分钱一张。每张香片纸上，都会有不同的图案，有各地风光，有各种动物，有古代四大美女……收集香片纸成为我们小孩子的乐趣。我把收集来的香片纸夹在心爱的书里，每次上课，打开书，都会有一股香气扑鼻而来。香气熏得学习乐。

　　我的同桌有一张梅花水墨画香片纸，非常稀有。我一看就很喜欢，向他要，他死活都不给我，说："想要梅花香片纸，就用你所有的香片纸来换。"我才不干呢。趁下课他离开座位，我偷偷地打开他的铅笔盒，拿出梅花香片纸，看个够。这张香片纸的反面，写着一首诗：

"十年不到香雪海，梅花忆我我忆梅。何时买棹冒雪去，便向花前倾一杯。"好美呀！那种从心底冒出来的喜欢，让我克制不住地把这张香片纸藏在了鞋里。

上课了，同桌发现他的香片纸不见了，追问我。我装作若无其事的样子，猛摇头，边摇头边用脚趾摩擦香片纸。等下课后，我跑向女厕所，脱下鞋子，看那香片纸。它早已被我的脚汗浸湿了，粘在了鞋底上，破了。我难过地回到教室，同桌突然递过来一样东西："给你的。"我定睛一看，是香片纸，忙问道："哪里来的？"他回答："送你的，别多问了。"

红　梅

亭亭玉立　你是风姿绰约的红衣少女

十六七岁的梦幻窈窕了春天

你簪在花瓣上的纤蕊嫩黄嫩黄

摇碎过冰雪　弹动着芳香的丝弦

你又如精妙无比的小令

缀在月色栖落的枝头

这崛起于花族的神来之笔

有谁能胜过她天赋的高洁和清幽

橡皮章

　　读小学六年级时，我们班换了新的语文老师。原因我们都知道，从三年级到五年级，我们班是全校纪律最差的，语文成绩也是全年级最差的。

　　新的语文老师姓张，据校长介绍他刚带了一届学生，结果这届学生的语文成绩就在全市名列前茅。张老师看上去只有二十多岁，用现在的流行语来说，就是一个"小鲜肉"。他理着二分头，爱穿花衬衫。他上课时，听到我们把课文朗读得字正腔圆，会吹一溜口哨儿，仿佛春风掠过。他批改作业有一绝，看到我们的字写得清楚、端正，就会从花衬衫口袋里摸出一个小塑料盒，里面有几枚橡皮章。他用橡皮章在我们的作业上重重地印上一个"大拇指"。这橡皮章一看就知道是张老师自己手工刻的，上面的刻纹壮壮的，实实的，上头的

146

"大拇指"夸张地跷得老高老高。最有意思的是，"大拇指"章有小号、中号、大号、特大号的。

有一天早上，我刚进教室，张老师就举着一张纸，招呼我："小燕子，快来看看，喜不喜欢？"我走上前一看，纸上印着一枚鲜红的印章。印章上刻着一个小女孩，她嘴里叼着一棵桂树，桂树上有一条月亮船，一只小白兔正坐在船里，划向星海。"这是我给你的诗配的插图。你能猜出你诗中哪个句子给了我灵感吗？"他问。我这才发现这张纸上写的是我的一首小诗，交上去给张老师批改后，一直没发下来。我想了想，说："我的心里有一棵月亮树！"他高兴地说："对了！这印章世界上仅此一枚，送给你！"我接过纸，搂在胸前，兴奋地说："张老师，我太喜欢啦！"

夏夜星空

拽着鬓边习习的凉风

我仰躺在幽蓝的星空下

雪白光滑的肌肤伸展于草地

鲜红流动的血液跳动着思绪

一匹年轻的神骏

在辽阔的天庭纵横驰骋

我看见星空流光溢彩

闪闪烁烁　如美丽的花朵

小板凳

我渐渐懂事,发现家中的家具、物件上都留有爸爸的名字——吃饭用的蓝边碗里、八仙桌的背面、围绕八仙桌的四张大条凳上。

有一天,我对爸爸说:"我也要有一张写有我名字的凳子。"我当玩笑说说,爸爸却上了心,利用两个空闲的午后,为我做了一张小板凳,还给小板凳刷上了棕红色的油漆。

油漆干了,爸爸要在小板凳背面写上我的名字,我却固执地要自己写。说实话,我那会儿根本不会写自己的名字,只用自己认识的线条,画了一个专属于我自己的符号。

自那以后,我就带着小板凳出入各种场合——和爸爸妈妈去田里插秧,去外婆家摘枇杷,和小伙伴们去看露天电影……每次我都把小板凳抱在胸前,可珍惜了。

如今，我回老家去，爸妈会搬出那张小板凳给我坐。我陪着他们在屋檐下晒着太阳，择着菜。在外浮躁的、疲累的心，不知不觉静了下来，放松了下来……

枇 杷

早早地上市了

如年轻的太阳群

匆匆披上浅黄的衬衣

投向城市的诱惑

我以少女的敏感

感受它们灼热的目光

左边的微风

给她微酸的饮料

让她明白

没有果酸的世界不是完整的世界

右边的轻雨

给她甘甜的水浆

让她明白

到达成熟是一个艰辛的过程

我尝了　同化为一枚

还没有找到轨道的小太阳

小狐狸头饰

放学前,语文老师对我们说:"明天我们要学《狐假虎威》这篇课文,请大家挑选一个角色,回家去准备一个小狐狸头饰或者老虎头饰。"

我一回家,就赶快写作业,写好作业后,把所有的时间都花在了做头饰上。我选择了做小狐狸头饰,先在厚厚的白色卡纸上画好狐狸的模样,然后用彩色笔一笔一笔地涂上颜色,最后用剩余的卡纸做了一个头圈,把小狐狸粘在上面。我太喜欢自己做的头饰了,睡觉时,我特意戴着它。

第二天语文课,老师让我们把头饰戴起来。我戴上小狐狸头饰,转身看身后同学,发现全班只有我一个人做了小狐狸头饰。老师也发现了,他问大家,大家都说狐狸太狡猾了,借着老虎的威风把百兽

吓跑了，所以都不愿意做狐狸头饰。老师又问我，我如实回答："我没多想，我只想着我要做一个狐狸头饰。"说完，我又说："老师，对不起，我昨天戴着狐狸头饰睡觉，把头饰压扁了。"老师笑着说："没事，我们可爱的'小狐狸'！"他摸了摸我的头，说："谁愿意来跟'小狐狸'一起演《狐假虎威》这个故事？"话音刚落，大家高喊着："我愿意！我愿意！我愿意……"

老师把我的头饰整理好，说："好好演哟！'老虎'随便你挑！"

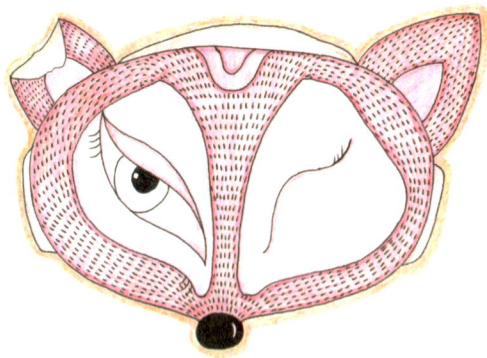

围 墙

我们可以像鸟儿一样

在寒冷的十二月蛰伏于墙内

看清楚围墙外的辽阔

被夷为平地的田野

传来草芽生生不息的呐喊

这里每一处缝隙都有生命

我们可以像风儿一样

从围墙外穿梭到围墙内

听清楚花圃里盘根错节的孕育

那寂静而遥远的花期

被隐藏在泥土里

胡思乱想　营造浪漫　营造永恒

小人儿书

我有一本十分喜欢的小人儿书，书名叫《平原游击队》。书的封面上是抗日英雄李向阳手握双枪，带领老百姓杀向日本兵的画面。

我把小人儿书放在书包的内层，藏得非常隐蔽。只有跟好朋友小惠在一起时，我才会拿出来和她一起看。有一回，小惠对我说："把封面送给我，行吗？"我拒绝道："你要书中其他任何一页都行，就是不能要封面。"她失望地说："可我只喜欢封面。封面上的李向阳是彩色的，最迷人。"我同桌突然从我们身后跳出来，说："封面有什么好稀罕的？要说打枪，我也会啊！"他拿了一把小木枪，对准我们，一个劲儿地"射击"。说时迟，那时快，小木枪一下子戳中小人儿书，"李向阳"顷刻间被扯成了两半。我心疼得号啕大哭。同桌吓得连声道歉。

从此，他再也不敢欺负我了，因为他欠我一个"李向阳"。

给我一个微笑

赶着上班和下班的人潮

我们都在城市的沥青路上

磕磕绊绊　来去匆匆

尽管我们素不相识

但请别忘　给我一个微笑

茫茫人海里

我们都在一步步地行走

有时难免会滑向深渊

为各自心灵的洗礼和苏醒

请你别忘　给我一个微笑

在平凡与不平凡交错的世界里

我们都曾在十字路口踌躇选择

或者成功　又为历险而心悸不已

或者失败　无法再度面对现实

这时啊

请别忘　给我一个微笑

小猪储钱罐

吃过年夜饭,爸爸给了我一张五元的压岁钱,妈妈用红纸叠了个长方形的红包给我,我打开一看,也是五元。我有了十元,异常兴奋。我把两张五元钱平铺在枕头下面。大年初一,我要上街去买那个想了三年的小猪储钱罐。

文具店里人头攒动。我挤到柜台前,指着货架上的小猪储钱罐,大声说:"阿姨,我买储钱罐!"我喊了很久,售货员阿姨都没有理睬我。于是,我从口袋里摸出那两张五元钞票,在离售货员阿姨最近的地方,边甩着钱,边喊:"我要买储钱罐!"她终于听见了,问我买几个,我说:"这钱全部花光。"她递给我两个。

我捧着两个小猪储钱罐回家。一进门,妈妈便看见了。她对我说:"为什么要买两个? 买一个的话,你那剩下的五元钱还可以放进

储钱罐里呢。"我说："这两个储钱罐比赛存钱，看谁存得多，看谁先存满。"妈妈笑了，摸给我一分钱，是张纸币，叠成了元宝形。我把"元宝"塞进了其中的一个储钱罐里，因为那只"小猪"粉红色的脸蛋儿要更好看些。

每天上学前，爸爸都会给我一元钱，让我买早饭。我把钱存进储钱罐，然后捧起来，掂掂重量，心里只想着早点儿存满两个储钱罐。

那年，我家造新房，上梁的红绸布上需要嵌进八枚硬币。爸爸立刻想到了我的储钱罐。我捧着脸蛋儿不很好看的那个储钱罐，交给他。他用小榔头敲开储钱罐，取了八枚硬币后，对我说："把钱存到另一个储钱罐里吧。"

我看着被敲碎的小猪储钱罐，心里空空的。小猪的头已开裂成三瓣，肚子那儿碎得严重。我找来透明胶，将一元的硬币每十个粘成

一筒,一角的硬币每十个粘成一小筒,五角的硬币每二十个粘成一筒……五十八元硬币,还有三元的一分纸币,我全部交给了妈妈。

她好奇地问:"不存啦？"

我不知道怎么回答。

另一个小猪储钱罐一直摆在台灯旁边,我写作业时抬头就能看见。它上面的彩色涂料,慢慢地一点点地掉落了。

我偶尔有零钱了,才往里投一次。它就一直放在那儿,一直在……

十九岁

总希望十八岁的风

能再一次弹响我　寂寞的心

然而　那一片无定的云如漂泊的我

在寻找寄自戈壁的一片绿叶

总梦见陌生的情节　稚拙的足迹

徘徊在闪烁的霓虹灯下

喝上一杯苦咖啡

双眸已泻出十九岁的诗行

蓦然回首　我潜藏的冲力

已在成熟的起跑线上跃跃欲试

雪花膏

　　小时候,我特别爱哭,一哭就很长时间停不下来。妈妈每次都会耐心地等我哭完,然后用温毛巾给我擦哭花的脸。洗完脸后,她会用食指沾上雪花膏在我脸上点上三点。"把眼睛闭上!"她把三点雪花膏在我整张脸上涂抹匀,空气里都是淡淡的花香,似乎是菊花香,又好像是桂花香,也仿佛是梅花香。

　　现在,我依旧在用雪花膏,也会在脸上点上三点,涂好雪花膏,照着镜子,开心地说:"好香呀!"继而把一双手放在鼻子上,深深地闻着,说:"真是太香啦! 啦啦啦!"

台 阶

妈妈从第一级台阶

扶我到第十八级

光滑的额上多了风尘与履痕

我回头望望崎岖的岁月

一根脐带发出窸窣的声音

我伸手　渴望登高时的扶携

妈妈微笑着摇摇头

于是　我咬咬牙

化为妈妈的形态

牵引诗　牵引沉重的铅字

踏着音符不懈地上升

洋　火

在我的家乡话中,称呼很多物品时,都带个"洋"字。如肥皂,我们叫它"洋肥皂";如袜子,我们叫它"洋袜";又如火柴,我们叫它"洋火"。这些"洋"称呼来自那个物资匮乏的年代,因为那时很多的物品都依赖外国进口。

我从懂事起就很喜欢玩洋火,把火柴从火柴盒里一根根取出来,和弟弟一起比长短。一旦被妈妈看到,她就会一把夺过火柴,说:"小孩子玩火,夜里会尿床的。"我据理力争:"我们没玩火,我们玩的是洋火!"妈妈不由分说,把火柴藏进了房间最高的柜子里。

后来,我读到一篇童话叫《卖火柴的小女孩》。我对弟弟说:"你看,点燃火柴,可以看到喷香的烤鹅、美丽的圣诞树、暖和的火炉。我们也试一下吧!"于是,弟弟把两张凳子叠加起来,爬上那个放火柴

的柜子，取到了洋火。我一拿到手，就兴奋地划火柴，可是划一下，火柴没反应；再划一下，还是没反应；继续用力划，忽然"哧"一声，一团火苗蹿出来，随即一股臭鸡蛋的味道扑鼻而来。弟弟慌乱地指着我的刘海儿，说："姐姐，你的刘海儿被火烧掉了。"我急忙摸我的刘海儿，哭嚷道："烤鹅没看到，先把自己给烤了。"想到童话中卖火柴的小女孩手握火柴梗，冻死在街头，我瞬间对洋火产生了恐惧，而弟弟却在一旁撕火柴盒。他为了集火花，什么也不怕。

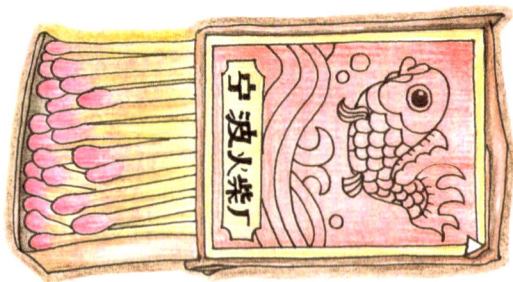

小菁菁

你毫不讲理地

在爸爸妈妈喁喁私语的季节

哇哇地搅乱这气氛

这可爱又带点野蛮的小女孩

让他们感到兴奋和疲倦

你翻开春天的扉页

如毛茸茸的鸟儿稚气十足

你调皮又淘气

有时嘟起小嘴跟人吵嘴

黑黑的眼珠瞪得又大又圆

一会儿

却甜甜地歪着小脑袋

轻轻地左一声右一声

唤来了爸爸妈妈金灿灿的笑容

你开始为自己画红画绿

用颤抖的笔在心灵的白纸上

创作一页又一页七彩的儿童画

爸爸妈妈在某一天在某张白纸上

描下了安徒生童话的世界

你心中产生了不安和同情

你能给那个卖火柴的小女孩

送上彩笔和画纸

送上蛋糕和悄悄话吗

痒痒挠

背上痒了，怎么办？找一面墙，把背靠在墙体突出的棱上，对准痒的地方，移动身体，痒就消除了。

要是没有墙，那怎么办？找根柱子也行，在上面蹭几下就好了。要是没有柱子，又该怎么办？最快的解决办法就是找奶奶来帮我挠。"奶奶，往左边挠……奶奶，再往上挠一下……奶奶，使劲一点儿……"

后来，奶奶的年纪大了，经常手脚冰凉，她怕冰凉的手碰到我会让我不舒服，于是给我买了一个痒痒挠。

痒痒挠是竹子做的，长柄，柄端有小手状的抓手。把痒痒挠伸进衣服里，调整到背部痒的地方，上下移动，舒坦极了。这痒痒挠，好使！

有一年冬天，我用痒痒挠挠痒，挠好后去浴场洗澡，脱下衣服，看到镜子里自己的背部有一条条血红的印，小小年纪的我吓坏了，以后无论多痒，也坚决不用痒痒挠了。那个痒痒挠就一直挂在我家的电视柜上面，沾满了灰尘。

孤 独

黄昏　从飘雨的街道上

孤零零地赤足走来

街　杳无人影

唯有风飒然而至

用潮湿的翅膀

轻轻敲打着时光

在沉静的天空中

有一盏灯在诉说着

什么叫作孤独

并且有意无意地寻觅着行人

也许　孤独正是一种幸福

171

一种享受

让黄昏独占雨的背影

和天边红雾般的光芒

过去和现在　在手纹上延伸

可谁也无法预测将来

唯有风飒然而至

唯有心不肯苍凉

带着几分锐气

直入黄昏街道的血脉

摇头娃娃

每个女孩都爱洋娃娃，我也不例外。

在我上小学二年级时，爸爸去了很远的地方出差。三个月后，他回来了，给我带了一个摇头娃娃。娃娃是塑料做的，眼睛很大，嘴角上扬，甜甜地笑着，用手一碰它圆圆的肚子，它就会摇个不停，十分招人喜欢。

一个人时，我几乎是与摇头娃娃为伴的，我给它做了春、夏、秋、冬四身时髦的衣服，既当它的爸爸，也当它的妈妈，既做它的老师，又做它的医生。

时间久了，娃娃眼睛上的颜色一小片一小片掉了下来，我心疼得不得了。娃娃的圆肚皮上慢慢地累积下许多刮痕、裂纹，我用妈妈的橡皮膏给娃娃贴上也无济于事，我只能小心翼翼地把它放在我床

前的书架上。

　　每逢大扫除，我第一时间擦拭的是我的摇头娃娃；遇上搬家，我首先安置的也是我的摇头娃娃。岁月催人老，摇头娃娃变得又破又旧了。我心情不好时，用手指拨弄它的身子，它还是会尽力地摇摆，对我微微笑着……

离 别

朋友

还没来得及

道一声珍重　送一份思念

就看见遥远的梦

在我们踩过的笑声里

已撒下天罗地网

我对你未说完的悄悄话

遗留在那片带露的桑叶上

飘落在你必经的路径边

当你走近时

请你一定

一定要小心地把它捧起来

175

药 罐

讲桌上,多了一个陶瓷药罐,是陈老师从她家里拿来的。

初秋时节,学校里流行起甲型肝炎,不到一个星期的时间里,我们班上课的人数从三十六个变成了十五个。

清晨,走进教室,有一股很浓烈的消毒水的味道。陈老师每天都来得比我们早,她问我们:"今天身体感觉好吗?"我们都点点头。看到我们点头,她就会很开心地摸一下我们的头,对我们甜甜地一笑。

之后,她就捧着药罐,打开盖子,从里头摸出一包包的中药汤,分给我们,对我们说:"刚刚排队去乡医院领的,还温着呢,快喝。"我们听话地喝着,那药汤的味道真苦啊,一入口,就反胃。我把药汤含在嘴里,等陈老师走远了,就偷偷地吐在座位边的那条缝里。

我抬起头时,突然见陈老师就站在我面前,不由得心里一阵慌乱："完了！"陈老师看了看我，说："喝不下去，是不是？"我点点头，眼泪流了下来。她用她的手掌，替我擦干泪水，说："明天，我亲自来煮草药，在里面加点糖。"她一说完，其他的同学就聚了过来。陈老师看着我们："今天的药汤，必须喝完呀。喝完了，我给你们做醋大蒜头吃。"

第二天，教室门口多了一个煤饼炉、一口砂锅。陈老师每天早早地煮好药汤，一碗一碗地盛给我们喝。喝完后，她从药罐里摸出一颗颗橘子糖，分给我们。

迎春花开的时候，同学们陆陆续续康复，回到了校园里。陈老师捧着药罐，说："我得把它放回家里去了。"

爱的光点

不管何去何从

只要是满树的绿叶　郁郁葱葱

那里就有世界上最美丽的宁静

你会发现　绿叶轻盈

放飞了幻想

释放了许多梦语

从绿叶的空隙间逃出来的阳光

会噗噗跳跃　金黄而透亮

闪闪烁烁成颗粒

那是绿叶的水晶心吗

在歌唱美好的日子

五彩斑斓　醒目耀眼

满地的春光

灿烂着诗歌与爱

守护着一方圣土　许多故事

钥匙扣

一年级第二学期，我负责管理班级前门的钥匙。我的职责是第一个到班级，把教室门打开。

我把这份工作看得很重，觉得老师选中我开门，是对我的高度信任。妈妈也十分支持我，怕我弄丢钥匙，给钥匙绑了一根很粗的红绳子让我挂在脖子上。

挂上钥匙的我，走路都是甩脖子的。钥匙骄傲地在我胸前"叮叮当当"响。下课了，男同学一窝蜂似的奔跑过来，扯我脖子上的钥匙玩。我用双手拼尽全力护着钥匙，可还是难敌他们的左右夹击。红绳子断了，钥匙"嘣"的一声掉落到草丛里不见了，我仰天号啕大哭。

老师循声跑来，批评了那些男同学，把他别在裤腰上的一个钥匙扣解了下来，又从办公室里取出我们教室的备用钥匙穿上，嘱咐我：“这次可得保管好哟！”我接过钥匙扣，放进书包的暗层里，依旧坚持每天第一个到班级为大家开门。

后来，妈妈知道了，她在集市上给我买了一个有小熊的吊坠钥匙扣来挂我们班的钥匙。她让我把老师的钥匙扣还给他。小熊钥匙扣很耐用，我至今还在用着。

手提袋

你总在我分散心思的片刻

神秘地问起我的手提袋

又不无傲慢地

说女孩的手提袋无非放些

小镜子和小钱包

还有一块必不可少的碎花小手帕

飘溢着香气

以掩盖泪水的咸味

我总是置之一笑

你总是驰骋想象

并在我不注意的时候

悄悄探看我的手提袋

没有浪漫的气息

没有蔻丹的猩红

只有日记本　钢笔　诗集

和一本厚厚的小小的字典

你的表情却更神秘了

我依旧给你一个

微笑

柚子树

　　"听说下个月，我们的母校要拆了。"小学同学微信群里发布了一条消息。大家立刻纷纷留言："这周日，我们回母校去看看吧！""是的，应该回去看看。"

　　周日，天空中飘着小雪，寒冷异常，我们一群人来到曾经读过书的小学。校园里静静的，所有教室的门窗都敞开着，里面没有桌椅，只有成堆的垃圾。"走吧！看一眼就够了！"有人说。正要离开时，我们看到了操场东北角的一棵柚子树，便不约而同地朝柚子树狂奔而去。

　　隆冬时节的柚子树，依然青翠可人，绿叶间挂满了黄澄澄的柚子，像一盏盏小灯笼。"这么多年过去了，柚子树还在，而且长得这么好，真没想到啊！"我们不禁惊叹。看到柚子树，就想到了我们可敬的宋老师。

小学三年级时,宋老师教数学,对我们特别好。学期末,他得了肺癌。住院前,他带着我们种下了这棵柚子树。他说:"柚子树开的花,又香又好看。等到柚子树结果,我们一起来摘柚子,做柚子小碗。"后来,柚子树结果了,宋老师却没有回来。

"母校拆了之后,不知道这棵柚子树会怎样?"我怯怯地问。身旁的同学说:"柚子树应该不会受影响。报纸上登了,母校将改建成一所幼儿园。我们在树下拍张合影吧!"

文旦

我们的故事

像那深秋街头的小摊上

一颗最金黄最圆润的文旦

你总说自己是那一层

金黄的表皮

裹着我的骄傲与温柔

深藏着我们的快乐与沧桑

凝聚着我们心灵的珠玉

回首季节的长廊

我们年轻的故事

一直恪守于深秋的婉约和纯净

在半朦胧与半透明中

让世人去浮想联翩

照相机

学校组织去春游。同学任小委背了照相机去,我们全不看鱼了,改看他的照相机了。

任小委的照相机,其实不是他的,是他爸爸的。他告诉我们,他爸爸去北京出差买了这部照相机。照相机,我们其他同学家里都没有。看着任小委对着鱼池中的鱼不停地"咔嚓咔嚓"拍照,大家都羡慕得不得了,想要摸一摸,可他坚决不肯,怕我们摸坏了。照相机可贵了!

不能摸,但他说可以给我们拍照。"是给我们每个人都拍吗?"我问他。他说:"是的。"我惊喜地说:"那你给我们拍的时候,拍漂亮点儿啊!"他说:"放心吧!我们402班的同学都到假山那边集合。"原来,他所说的"每个人都拍"是指集体照呀!

我们在假山前站好。他拿着相机，一只眼闭着，喊道："一，二，三——等等，我们的队伍排得太松了，得紧一些。大家侧着身子，一条手臂在前，一条手臂在后。"

我们调整好队形，他又把一只眼睛闭上，大喊着："一，二，三——等等，后面一排同学的脸都被遮住了。这样，第一排坐在草坪上，第二排半蹲，第三排爬到假山上。"

我们重新排队，他再次一只眼闭上，扯着嗓子喊："一，二，三——等等，我们的张老师还没来，谁帮忙去叫一声。拍合照，怎么能少了他呢？"

终于叫来了张老师。任小委手持照相机，喊："一，二，三——看镜头，微笑！"我们好不容易拍了一张集体照，只可惜照片里少了任小委。

把天看透

记得曾有一次

我们傻乎乎地想把天看个透

我指着头上的一片云

说是条美丽的小金鱼

你头上的一片云

是条长尾的龙

但你说就像我们

从各自的小天地

一起走到这条大街上

谈论着音符的休止

或者诗歌的进化

竹蜻蜓

"你们看见了吗？机器猫把竹蜻蜓往头上一按，就能飞起来！"

"我们也做一个吧！"小伙伴们热烈响应。刚好学校下发的劳技工具袋里有我们需要的一切：木片、砂纸、小锯子。我们立刻分工，凭着对动画片里竹蜻蜓的记忆，画图的画图，打样的打样，切割的切割，钻孔的钻孔……一派热火朝天的场景。

做竹蜻蜓并不难。我们果真做出来了，人手一个。在一片空地上，我们搓动竹蜻蜓的杆子，让它们旋转起来。可真的能飞起来的竹蜻蜓却寥寥无几。好不容易有一个小伙伴的竹蜻蜓飞起来了，我们把所有的希望都寄托在它身上。1秒，2秒，3秒……9秒——呀！竹蜻蜓栽到了地上，落在了草丛里。我们不约而同地去寻找掉落的竹蜻蜓，嘻嘻，嘻嘻！

蝉

等阳光在一天里

走得最远的时候

你　躲在一片绿叶下安静歇息

想着一个故事的开始

梦着小雨丝丝飘落

两颗黑亮亮的眼珠儿

骨碌碌转动

惊喜夏日的黄昏

吟唱快乐的时光

等阳光在一天里

只剩下最后的路程

你　从一片绿叶上扭动腰肢

细细金风

拂动长长裙裾

晚来的蝉鸣声

忽远忽近

生动的夏日　七彩的窗口

檀香皂

　　小时候,洗澡是没有沐浴液的。那时,人们洗澡都用香皂。妈妈用一个红色的木头澡盆给我洗澡,用的是檀香皂。檀香皂比普通的香皂要香很多,香皂涂抹在身上,揉搓出的肥皂泡也异常香。妈妈替我洗后背,我就双手玩肥皂泡,调皮地把肥皂泡弄在手臂上、头发上。妈妈一点儿也不怪我,和我一起玩肥皂泡。

　　长大后,我们洗澡就用沐浴液了。檀香皂一度淡出了生活。

　　逛超市,在货架上看到了久违的檀香皂,我惊喜万分,一口气买了三块回家,高声对全家人说:"这是我儿时用的檀香皂,你们洗澡时用用看。"没有人响应我,那我就自己用。

　　洗完澡,手指上的皮肤浸得皱皱的。每一条褶皱里都藏着檀香皂的香味,在蒸腾的水汽里,我重新遇见了这童年的香味。真好呀!

铁皮手电筒

现在很少有人用铁皮手电筒了。大部分人都是用手机里的"手电筒",按钮一摁,就能照明了。可这"手电筒"哪能跟真正的手电筒比呀!

我家以前有过一个铁皮的大手电筒。大到什么程度呢?跟我儿时的手臂一样粗,一样长。那时,妈妈每个星期都会带我去外婆家。从我们村到外婆所住的村,大约要走二十分钟的路。每逢走夜路,妈妈就打开手电筒照明。我拽着她的衣脚,走在旁边,边走边兴奋地追赶我们前方手电筒发出的微光,仿佛自己是萤火虫在田间飞。到了外婆家,妈妈就帮外婆纺棉纱,我则在一旁玩手电筒。我把小手放在手电筒上,手居然全红啦!手一拿开,即刻恢复原样。再放,再红;再拿开,再原样。如此往复,乐此不疲。

今年中秋节,我去看外婆,晚上临走时,九十五岁的外婆执意要送我到村口。我看到她手里拿着一个大手电筒,跟我小时候玩的那个一模一样。外婆用手电筒照着我脚下的路,说:"走慢点儿,走慢点儿,小心脚下的石子儿……"

仙女棒

　　寒假过后,第一天上学,王老师没有问我们寒假作业的完成情况,而是问:"你们过年有没有放烟花?"我们有的点头,有的摇头。他说:"我没有放烟花,今天特别想放,有谁愿意跟我一起?"我们当然全都举了手。

　　晚饭后,我们齐刷刷地聚集到学校操场上。王老师先给我们每人发了一根"仙女棒"。他说:"等点燃后,就拿着棒甩圈,甩得越用力越好!"我们都说:"懂!"一点燃,我们就快乐地抡起胳膊甩圈。"仙女棒"像火轮一样飞旋,我们看到了彼此快乐的笑容和发亮的眼睛。

　　"仙女棒"很快就燃尽了,王老师又给我们每人发了一根,他说:"心里想什么,就把它甩出来。"、

　　"王老师,您想甩什么?"我问。

他说:"我想甩一颗星星。"

我们也说:"我们想甩很多很多的星星。"

我们朝着夜空甩呀甩,挥呀挥,一颗颗星星飞上了天⋯⋯

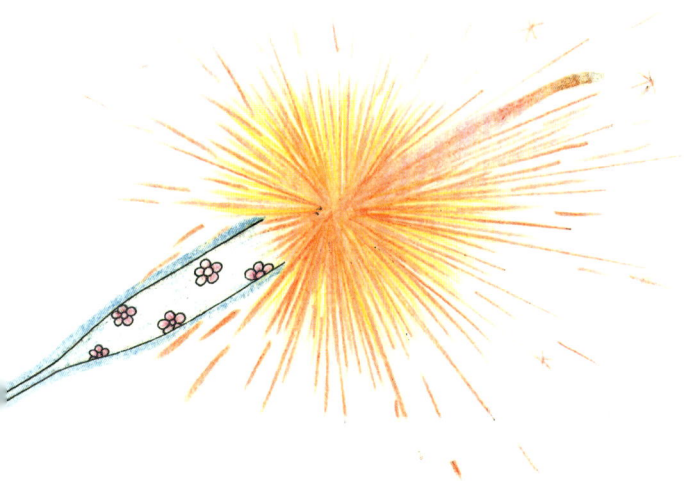

向日葵头花

    1986年,我上一年级。我们村大力发展经济,办了纺织厂。妈妈去报名,被选中了。她成了一名纺织工人,每天上班十二小时,有时是一个星期都上十二小时的白班;有时是一个星期都上十二小时的夜班。我很少能见到妈妈了,我的长头发也没人给我扎了。

    偶尔一个月中有一天妈妈放假休息,她才有空给我洗头、洗澡。那时,我的头发已长得快到腰际了。她洗着我的长发,说:"我没空给你扎头发了,我们干脆把这长发剪了吧?"我点点头。爸爸却冲过来,阻止道:"别剪,剪了就成了假小子,不好! 我来给燕子扎头发!"

    爸爸说到做到,从那天起,每天早晨,他都早早起床,给我扎辫子。爸爸给我扎的是马尾辫,他一手握着成束的头发,一手梳着头,嘴里含着头绳的一端。梳顺头发后,他就让我拿梳子,自己腾出手来,用头绳一圈一圈地绕,绕好之后,再打一个蝴蝶结。我在镜子里一看,马尾辫夸张地斜到了左耳边。爸爸说:"斜的也是辫子。"

他给我扎的马尾辫,一到下午体育课时就散了,头绳掉了,我回家时就披着一头乱发。爸爸看见了,重新给我扎辫子。我把掉落的头绳递给他,他说:"我买了橡皮筋,我们不用头绳了。"我看到他手中是一根棕色的橡皮筋,橡皮筋上,有一朵金黄色的向日葵。

爸爸扎辫子的手,好温柔。

英雄牌钢笔

　　到了小学二年级下学期,我当选了"三好学生"。学期结束时,校长给我们颁奖,奖品是一支钢笔。我们班同学全是用铅笔写字,钢笔要到三年级才会用到,因此它对于我来说是提前的奖赏。校长把钢笔一交到我手中,我就连忙看了又看。银色的笔帽上有两个字,我悄悄地问身旁的高年级同学:"这两个字是什么?"他轻声告诉我:"英——雄——"

　　好家伙,英雄啊!下了主席台,我就把钢笔插在了白衬衫的左边口袋里,整天都带着。放学回家的路上,我注意到很多同学爸爸中山装的口袋里都别着一支闪亮的钢笔,显得特有文化。

　　我忙跑回家,去爸爸的书桌抽屉里找钢笔,意外地找到了四支。连同我自己的一支,我左边口袋里插两支,右边口袋里插三支,在家里晃荡着,十分神气。

　　我跑到奶奶面前,让她看我的钢笔。她笑着说:"傻孩子,插这么多的钢笔,别人还以为你是修钢笔的呢!来,用钢笔帮我给你远在江苏南通的阿姨写一封信,让她回来过年!"我连忙说:"我才上二年级,老师没教过写信,我不会。"奶奶说:"不会,你就自己琢磨,下点儿力,用点儿心!"我说:"我试试看。"

　　后来,我用钢笔给阿姨写了一封很长的信,足足有一页纸,很多字我都不会写,那就用拼音。奶奶还和我一起去了邮局,买了一张八分钱的邮票,郑重地把信寄了出去。那年除夕,阿姨真的回来过年啦!

灶王爷

　　家里盖了新屋,爸爸请村里的巧匠打一副灶头。

　　师傅约莫六十多岁,满头白发,但手脚麻利得很。我站在一旁看着,就一天的工夫,我亲眼看着师傅将青砖垒成灶头,还在灶头正面画上了梅、兰、竹、菊。

　　"囡囡,你去把你妈妈叫来。"师傅对我说。妈妈来了,师傅对她说:"最上面我搭的是灶君堂。你去'请'个灶王爷回来,香烛准备好。"

　　晚上,灶君堂里果然住进了灶王爷。

　　一天,我放学回家,在厨房里喝水,不经意间看到灶王爷前供奉着蜜橘。蜜橘放在托盘里,叠成了一座小山。在我小时候,蜜橘很少见,更很少吃到。我盯着蜜橘,看了又看,垂涎三尺,实在忍不住了,我就搬了张凳子,伸长胳膊去拿。抬眼瞧见灶王爷端坐在那儿,我立刻停住手,双手合十拜了三拜。"吃一个蜜橘,应该不是什么罪过吧?灶王爷应该不会这么小气吧? 他又吃不完。"想到这里,我毫不犹豫地拿了一个蜜橘,剥开就吃。真甜。

我吃完一个蜜橘,转身还想再拿一个的时候,突然发现锅里竟然掉了一张红色的硬纸。哪里来的?我捡起那张纸,哎哟,不好,红色纸上是灶王爷! 肯定是我不小心碰掉的,我害怕得心立刻狂跳起来。

仔细一看,灶王爷沾了锅底的水,"官帽"花了。"官帽"上的水流下来,"脸"花了。"脸"上的水流下来,官袍也花了。

我慌里慌张地用衣袖把灶王爷"身上"的水擦干,重新放回灶君堂。"要是被妈妈发现了怎么办? "我越想越害怕。

我选择了隐瞒。

腊月二十三,妈妈"请"来了新的灶王爷,把旧的换了下来。

新的灶王爷满眼含笑,旁边还坐着他的夫人,一样慈祥的笑容。我去盛了一碗南瓜糯米饭,供奉上去,拜了三拜,不敢看灶王爷的眼睛……

指甲花

这指甲花呀，实则是凤仙花。它被栽种在我们村里的每户人家屋前。它极易活，丢下种子，在石缝中也能长出来，所以，这种小花还有个名字叫"野丫头"。

我们放暑假时，是指甲花开得最盛的时候，红的小花缀在叶间，连公鸡、母鸡也常常带着小鸡在指甲花丛中流连。

我们把指甲花的花瓣摘下来，洗干净，加入明矾，用锤子捣碎。把捣碎的指甲花敷在十个手指上，包裹起来，睡上一觉，第二天醒来，十个手指甲全都会变成红色的，像变魔术一样神奇。

村里的小女孩都用指甲花染指甲，见面的第一件事就是比谁的指甲染得红，偶尔也有年岁小的男孩加入进来，染个小拇指。

整个童年，我们都沉浸在自己给自己制造的美丽中。

自制乒乓球拍

上小学三年级时，我迷上了打乒乓球，那时全班同学都迷上了打乒乓球。一下课，我们就冲出教室，去操场上抢夺水泥乒乓球桌。我跑步快，经常能抢到。我爬上水泥乒乓球桌，站在上面大喊："这张乒乓球桌，是我们班的！"我们班的同学就聚在乒乓球桌四周，准备轮流打球。

我从口袋里掏出一副乒乓球拍。一个丢给同学，一个自己拿着。乒乓球拍是我和小伙伴一起做的。我搬来家里鸡窝上盖着的一块大木板，在上头画上乒乓板图样。小伙伴从家里拿来锯子，把乒乓球拍按我画的图样从木板上一点点锯下来。这活儿可不好干，手上用力稍猛，锯子就会跑偏，乒乓球拍就会走样。我们做的乒乓球拍，没有橡胶面，只是光溜溜的一块板。

我把乒乓球往水泥桌面上轻轻一抛，乒乓球跳跃起来，我再用球拍轻轻一接，往对面推去。同伴顺势轻轻一扣，把乒乓球回击过来。一来一去，动作都很轻。否则，乒乓球就会蹦出桌面，我们可不想把十分钟的下课时间都浪费在捡球上。

　　乒乓球拍在我们的手中，被握得热乎乎的，被磨得光亮亮的！

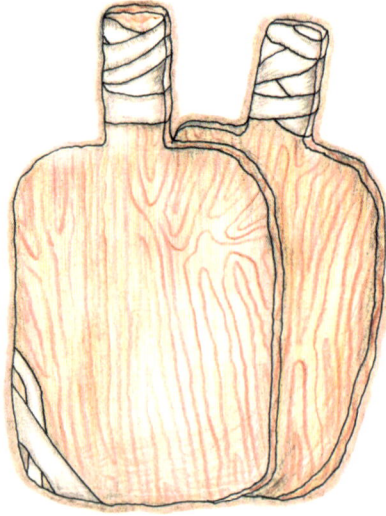

那些开启记忆的老物件

在我们的生活中，有些物件可能比我们的年龄都老，这些老物件进入我们的生活，陪伴着我们成长。也许是一只刻有爷爷姓名的蓝边碗，也许是一件妈妈亲手织的毛衣，也许是一本你小时候的日记本……这些老物件留下了我们的体温，承载着深厚的情谊，记录着美好的时光。

一、找一找

请你找出身边那些令你印象深刻的老物件。可以给老物件拍张照，也可以给老物件画幅画，还可以给老物件拍个有意思的视频。

老物件清单

1. 一副做清明果的糕板
2. 一面画有红牡丹的镜子
3. 一支爷爷从不离手的旱烟袋

二、忆一忆

当我们被熟悉的老物件包围，心就被温暖熨平了。我们与老物件之间发生的那些故事，是难以割舍的记忆。让我们静下心来，打开记忆的锁，细数关于老物件的难忘往事。

◆老物件的名称：一双竹筷

◆老物件的小故事：大雨过后，天色暗下来了，旧屋里昏黄的灯光亮起来了。饭桌上，那双一头漆着红色油漆的竹筷，摆在了我坐的位置上。恍惚间以为奶奶仍在厨房，下一秒就会端出热腾腾的饭菜，对我说："多吃点儿，多吃点儿。"一如多年前的无数个傍晚。

◆老物件的名称：＿＿＿＿＿＿＿＿＿＿

◆老物件的小故事：＿＿＿＿＿＿＿＿＿＿

＿＿＿＿＿＿＿＿＿＿＿＿＿＿＿＿＿＿＿＿＿＿

＿＿＿＿＿＿＿＿＿＿＿＿＿＿＿＿＿＿＿＿＿＿

＿＿＿＿＿＿＿＿＿＿＿＿＿＿＿＿＿＿＿＿＿＿

＿＿＿＿＿＿＿＿＿＿＿＿＿＿＿＿＿＿＿＿＿＿

三、存一存

老物件，陪伴我们走过生命中一段又一段的路程。在我们身边，有些人把老物件收集起来，开了旧物店；有些人把老物件与其他人交换，让老物件在新主人那里获得新生；还有些人把老物件捐给博物馆，留给后人参观。对于老物件，你有什么好的保存建议吗？

开旧物店

旧物交换

捐给博物馆 ······

（姜晓燕名师工作室团队）

小故事里的"小素描"

你有没有发现，这本书里的每个小故事都是对着一样物品写的？像不像美术中的写生？这些小故事中没有多少优美的词语、华丽的句子，很朴素，很真实。像不像写生中的素描？

那么，我们就干脆把这种写小故事的方法叫作"小素描"吧。

怎样运用"小素描"把小故事写好呢？我们分三步来讲。

一、真实地描摹事物的样子

素描，讲究的是运用线条对事物的外形特征进行准确捕捉，我们开始写小故事的时候，就要学会仔细观察自己想写的事物的样子，在观察中要学会运用对比，将该事物与其他事物进行比较，把握住最典型的特征，再用文字描写下来。

我们来举个例子，在这本书中有一篇《葱管糖》。我们观察葱管糖得先观察它的外形、颜色。

接下来的观察得启动你的嗅觉和味觉，可以闻一闻，尝一尝，真实地了解葱管糖的味道。在品尝的过程中，可以想一想：葱管糖与自己吃过的其他糖在味道上有什么不一样呢？然后如实地把你观察到的写下来。至此，"小素描"的第一步就完成啦！

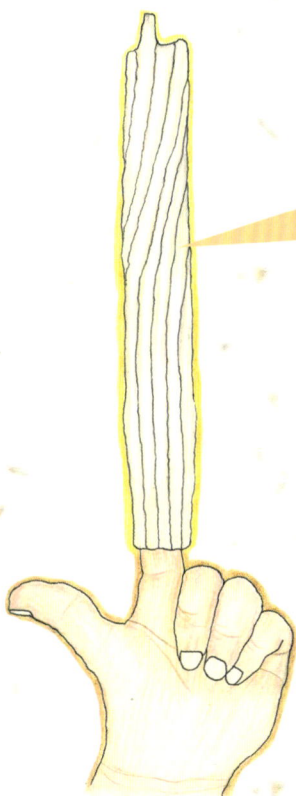

外形：像大葱，像管子

颜色：洁白、橙黄、淡紫

气味：米香味

味道：甘甜

二、真诚地记录发生的故事

描写事物，不能只停留在表面上。我们在课本中读到过《金色的鱼钩》一文，文中并不是单单写了鱼钩，还通过鱼钩给读者讲述了长征途中炊事班班长牢记党的嘱托，为照顾三个生病的战士不惜牺牲生命的故事。

受此启发，我们描写一样事物时，就要挖掘发生在事物身上的故事。这些故事也许是你当下经历的，当即就可以写；也许是曾经经历的，需要你通过回忆来写。假如你要写的事物有很多故事可讲，那你就要懂得取舍。

为了讲明白这个"小素描"的方法，我们来举个例子。钢笔，大家都很熟悉，如果让你回忆在它身上发生过的故事，你会想到哪些呢？

哈哈，可回忆的事情真多呀！这么多事情，在写的时候，可以舍去几件不重要的，留下两三件重要的来写。也可以再大胆一点儿，只

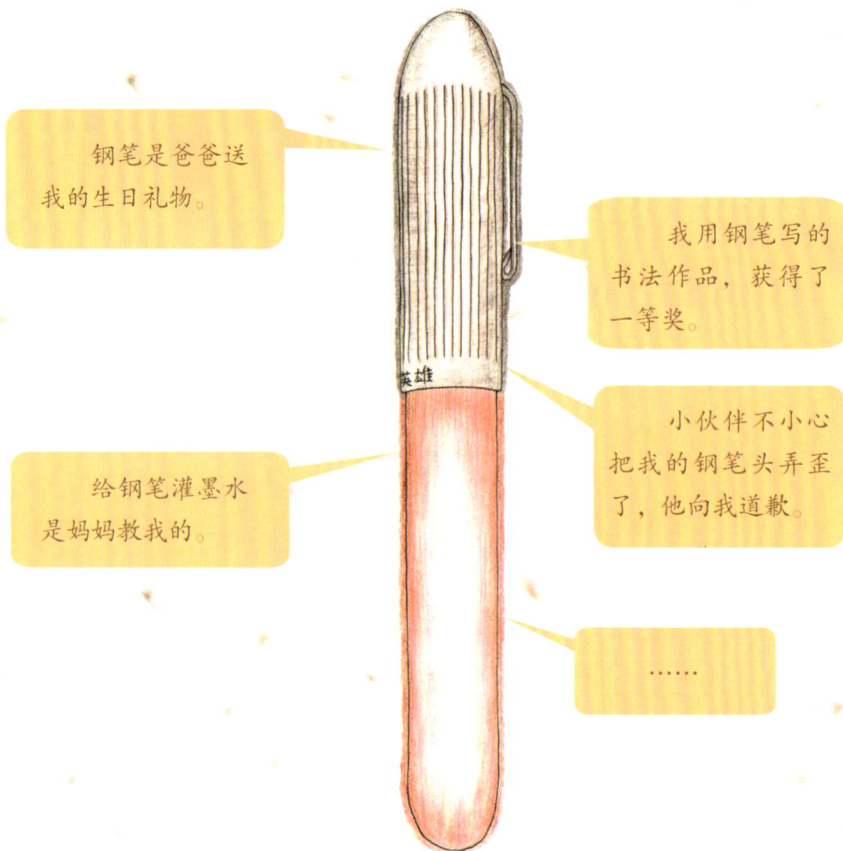

钢笔是爸爸送我的生日礼物。

我用钢笔写的书法作品，获得了一等奖。

给钢笔灌墨水是妈妈教我的。

小伙伴不小心把我的钢笔头弄歪了，他向我道歉。

……

选印象最深刻的那一件事情，把它写成一个具体的小故事。这一步就叫"选材"。

三、真心地表达自己的情感

写小故事，可以写得朴素些，真实些。我们不必绞尽脑汁非得用很多所谓的"好词好句"来写，朴素的文字反而更能打动人。我们在写故事时，能表达出自己的真情实感是最重要的。例如课文《落花生》，就是通过一家人谈论落花生的好处，来表达做人要像花生一样不图虚名，默默奉献。

把情感融入具体的人、事、物之中，在"小素描"中自然地表达情感，这种方法就叫"借物抒情"。

借物抒情的方法，我们在这里主要介绍两种：

第一种是通过具体的事例来表达情感。在叙事的过程中融入人物的心情变化，这样可以推动情节的发展。例如写《钉鞋》时，起先自

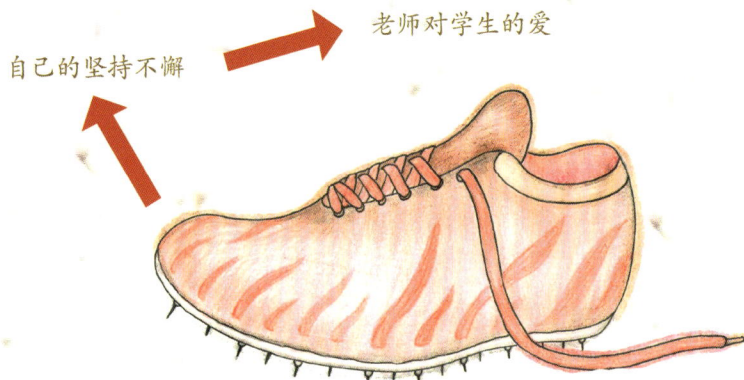

自己的坚持不懈　　老师对学生的爱

己对钉鞋是抗拒的，后来对钉鞋是充满感激的。这样的情感变化，可以把故事写得引人入胜。

第二种是通过内心独白来表达情感。内心独白是指从第一人称的角度出发，直接表露自己的内心活动，是一种很实用的心理描写方法。同样是写《钉鞋》，可以描写穿着钉鞋跑步时自己的内心独白——从暗暗给自己鼓劲儿坚持跑下去，到慢慢体会到老师对自己的爱。这样的情感表达，就有了向纵深处发展的脉络，呈现出高阶思维的特质。

试着用"小素描"的方法写一个小故事吧！

（姜晓燕名师工作室团队）

小诗里的"小诗意"

在这本书里，藏着很多有意思的小诗。在我们的语文书里，也同样有很多动人的小诗，书中还鼓励我们拿起笔写小诗，出一本属于自己的小诗集。

诗，被称为人类文学的皇冠。诗人可以将自己的人生经验、美感体验、创作通过简短的文字传达出来，表达个人的心声和思想。

大家往往觉得写诗离我们很远，其实，每个人天生都是诗人。我们只需要给文字来那么一点儿"小诗意"。说到"小诗意"呀，它并不神秘，它就在我们的生活里，在我们的想象里，在我们盎然的情趣里。

一、小诗意来自我们的生活经验

文学是反映生活的，因此必须取材于生活。诗也不例外。生活是我们创作小诗的源泉。

我们把目光聚焦于生活的时候，能从家庭中、学校里、社会上进行取材，而这些写作的素材，有些是看得见的，例如《枇杷之思》《月

学校

生活

家庭　　社会

⇒ 看得见

⇒ 看不见

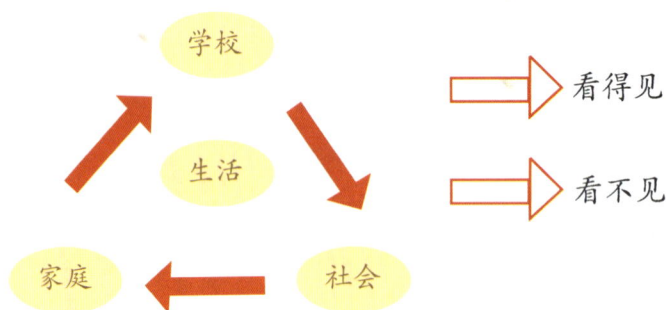

亮》《菊与你》等；有些是看不见的，例如《夏日情思》《孤独》《爱的光点》等。当我们从这两个方面取材的时候，我们的小诗中就会出现一种很重要的东西，那就是"意象"。

诗，要有意象。我们心中之意，要靠文字来传达。传达时，必须要让读者具体地看见诗中之物、诗中之景、诗中之情。因此，我们在写小诗的时候，要把意念变成意象，把意象变成意境。为了使意象呈现，我们需要用心灵去塑造，可以设计、表现，让抽象变成具体，让无形变成有形，也就是让看不见的东西，也变得看得见。

二、小诗意来自我们的丰富想象

想象，可以让我们平淡的日子变得充满诗意。它是文学创作中不可缺少的要素。有了想象，我们写的小诗就有了生命力。

第一种想象是相似想象，就是顺着事物的形态、特征、功能来进行想象。例如，当你看到萤火虫在漆黑的夜里飞舞时，你能想象到什么？比如，想象到天上的星星掉落到了地上。萤火虫和星星都会发光，这个相似点就是我们想象的出发点。

第二种想象是逆向想象，就是打破常规思维来进行反向想象，从而改变事物的特性。例如把慢腾腾爬的蜗牛想象得健步如飞，把小如米粒的蚂蚁想象得壮如黄牛，把凶猛的老鹰想象得胆小如鼠。这样的想象，可以使我们的小诗变得新奇，吸引人。

三、小诗意来自我们的盎然情趣

说到情趣，就是要有一颗让生活变得有趣的心。例如我们在路边看到一朵美丽的小花，可以蹲下身跟它说说悄悄话。又例如看到天上的月亮，我们可以把它当成一位慈爱的母亲，我们走一步，她就跟着我们走一步，她守护着我们，用和蔼的目光看着我们。

为了增加小诗的诗意，我们还可以在诗中加入一点儿幽默因子，给本来"严肃沉闷"的小诗换上一张"开朗乐观"的脸。我们来看一位小作者写的小诗《等一下》：

我放学回家，

妈妈叫我把书包放好，

我说："等一下！"

爸爸叫我去洗澡，

我说："等一下！"

哥哥邀我去打球，

我说："等一下！"

我请爸爸带我去看电影，

爸爸说："等一下！"

唉！我只好再等一下。

读到最后，会不会哑然失笑？

就这样，让我们给生活加点儿小诗意吧，让我们在小诗意中快乐成长！

（姜晓燕名师工作室团队）